九三文学创作文库

行色匆匆

周 勇

学苑出版社

图书在版编目（CIP）数据

行色匆匆 / 周勇著 . —北京：学苑出版社，2017.4
（九三文学创作文库）
ISBN 978-7-5077-5178-9

Ⅰ. ①行… Ⅱ. ①周… Ⅲ. ①随笔—作品集—中国—当代②杂文集—中国—当代③中国文学—当代文学—文学评论—文集 Ⅳ. ① I267.1 ② I206.7-53

中国版本图书馆CIP数据核字（2017）第 042210 号

出 版 人：	孟　白
责任编辑：	徐志琴
出版发行：	学苑出版社
社　　址：	北京市丰台区南方庄2号院1号楼
邮政编码：	100079
网　　址：	www.book001.com
电子信箱：	xueyuanpress@163.com
联系电话：	010-67601101（营销部）、010-67603091（总编室）
经　　销：	全国新华书店
印 刷 厂：	北京信彩瑞禾印刷厂
开本尺寸：	880×1230　1/32
印　　张：	7.375
字　　数：	150千字
版　　次：	2017年5月第1版
印　　次：	2017年5月第1次印刷
定　　价：	25.00元

总 序

"九三文学创作文库"第一辑图书即将由学苑出版社出版，这个最初由社中央文化工作委员会提出的构想，在大家努力下，终于有了成果，可喜可贺。

黑龙江省有一位九三学社基层组织的负责同志，是文学爱好者，多次把他的作品通过电子邮件传给我，有散文，有诗歌，描述他在林场当知青的生活，对当今社会巨大进步的感受，还有他特殊的家世，深深打动了我。至今还记得其中的一篇散文，是写囿于深山老林的孤寂的生活，他收养了一条狗，终日为伴，后来他回城了，那条狗天天到路口等他，日夜守护着他留下的物品，终于抑郁而死。生命之间的情感流淌笔端，让我感动不已。当时我想，我们九三学社成员中应该还有不少像他那样的业余文学爱好者，如果能组织起来，相互交流，岂不乐乎？也能以此增强九三学社组织的凝聚力。在我的建议下，2013年9月一批社内作家和业余文学爱好者聚集江西南昌，举办了"家园记忆"主题文学笔会，共商如何活跃与繁荣九三学社文学创作，笔会还邀请了著名作家王安忆和梁晓声做了有关文学创作的讲座。2015年10月社中央文化工作委员会又与九三学社云南省委和四川省委共同举办了"一带一路南方丝绸之路云南行文学笔会"，邀请了著名作家方方到会，除座谈交流外，还一起赴南方丝绸之路的"五尺道"采风。这样的活动，增强了全社范围内的文学氛围，活跃了社员的文学创作，最后促成了"九三文学创作文库"的出版。文库第一辑首先选择9位九三学社作家的作品，体裁多样，包括小说、散文、诗歌、随笔等。这9位作家，或为中国作协成员，或为全国性文学大奖的获得者，有长期从事文学创作的经历，具有较为丰富的写作经验和较强的创作实力，旨在为文库开一个好头，今后还将出版更多九三学社文学爱好者的优秀作品。

文学是人类文明殿堂里的瑰宝。好的文学作品能反映社会现实，映照人的灵魂，揭示真善美。经常阅读好的文学作品，能够丰富精神生活，滋润心田，陶冶情操，深化对人生、对生命、对社会的理解，所以我一直倡导我们九三学社的同志多读优秀文学作品。我曾经在社中央全会上以及多个场合，建议大家阅读陈忠实写的《白鹿原》。记得毛主席曾经说过，要了解中国封建社会，就去读《红楼梦》，我演绎了一下：要了解中国晚清到民国的社会，要了解中国近代农村，就去读《白鹿原》。近年来我读莫言的《蛙》、王蒙的《活动变人形》、王安忆的《长恨歌》与《启蒙时代》、贾平凹的《古炉》等，读每一期《新华文摘》转载的小说，都让我对人性与对中国社会有更深入的理解。我读刘慈欣的科幻小说《三体》，对天体物理有了从来没有过的了解和兴趣。总之，我体会到经常阅读好的文学作品，能开阔自己的视野，提升自己的境界，使自己深刻、高贵和优雅，面对纷乱浮躁的社会不至于迷失方向或放弃操守。

九三学社是以科技界为主体的参政党，但历史上也不乏在人文领域卓有建树的大家，比如红学家俞平伯，语言学家黎锦熙，国学大师刘文典、程千帆、游国恩，还有杨振声、李长之、魏建功、肖涤非、冯沅君、启功等，包括我们九三学社的创始人许德珩先生。此外，像梁希、潘菽、涂长望、茅以升、周培源、吴阶平、王选等许许多多出色的科学家，都具有深厚的文学功底和艺术修养，人文精神的滋养与他们的成才以及在科学技术方面取得重大成就有着密不可分的联系。

记得在"家园记忆"文学笔会上有一位同志提出"九三人要有一颗文学的心"，我深以为然。希望全社更加关注文学，大家读更多的优秀文学著作，也特别希望我们九三学社的文学爱好者能写出更多有思想、有筋骨、有温度、有想象力和创造力的优秀作品。祝愿"九三文学创作文库"办得越来越好，成长为九三学社家园里枝叶茂盛的美丽奇葩。

韩启德

2016年11月19日

目 录
Contents

辑一

与小人共舞 ·················· 3
谦虚别解 ·················· 6
都有一本难念的经 ·················· 8
苍白的虚构 ·················· 10
地位的流变 ·················· 13
打量城市的眼光 ·················· 15
形象设计 ·················· 17
这个世界真的很热闹 ·················· 19
很多年以前 ·················· 21
困难的理解 ·················· 23
难辨真伪 ·················· 25
涨价的快乐 ·················· 27
休闲何处 ·················· 29
催奶良方 ·················· 31
散步商场 ·················· 33

我们快乐吗？	35
幸福在哪里？	37
想当明星的人们	39
卡拉永远 OK	41
广告的诱惑	43
人的悖论	45
男人辛苦	47
旅游的感觉	49
面包会有的	51
生活在电视里	53
有钱与有文化	55
俗家之乐	57
幸福种种	60
致中国男足	62
杂感三题	65
医疗保险 ≠ "盼盼防盗门"	67
"3·15"——"上帝"们的节日	69
另一种荒凉	71
消失的"永恒"	74
尊重河流	77
用文学挽留已经消失或即将消失的家园	82

辑二

杨连的诗歌人生 …………………………………… 89
五十年代的"知青"故事 …………………………… 93
记录"基层"
　　——雷华的叙事 ……………………………… 99
马骕：一个守旧与传统的人 ……………………… 102
首麟兄其人 ………………………………………… 105
动人的苦樱花 ……………………………………… 109
"在路上"的思想者 ………………………………… 113
在内心中飞翔
　　——黄立新散文解读 ………………………… 118
从"人本"到"文本"
　　——段培东的一种解读 ……………………… 121
吟唱高原
　　——罗金荣红高原散文的启示 ……………… 124
梦中的图画 ………………………………………… 128

辑三

恐龙时代的目击者 ………………………………… 133
小平河
　　——上帝的花园 ……………………………… 141

江苴

——凝固在时间岁月里的驿站……………145

罗岷山古道……………………………149

即将终结的古道………………………153

博南古道上的占卦者……………………157

驿道上的民间手艺人……………………161

赛岭印象………………………………167

隐匿在森林里的温泉……………………171

森林里的乐手……………………………174

高黎贡山

——一座土著命名的大山…………181

贵州札记………………………………191

行色匆匆………………………………198

滇东散记………………………………204

驮娘江边的古镇………………………210

红河谷纪事……………………………215

琅勃拉邦印象…………………………219

后记……………………………223

辑一

与小人共舞

"人生是一个大舞台",这是一个惯常的比喻。既然是舞台当然就得有各式各样的人物,比如小人或非小人,或者既不是小人也不是非小人。如果对前面的比喻没有异议的话,那么,人生如戏,这个由前面的比喻引申出来的说法也就是自然而然的了。事实上这个说法对于我们也是相当稔熟和流行的。从一生下来我们就开始不可抗拒地在人生的大舞台上演出或悲壮,或悲哀,或辉煌,或平庸的人生悲喜剧。舞台是为戏而存在的,没戏舞台自然也就不会存在了。因而在生活中或者说在人生这个大舞台上与小人共舞就是必然甚至不可避免的了。让小人消失得无影无踪这是一个美妙然而相当不实际的假设。陶渊明笔下的桃花源里可能没有小人,可是这个想象的世界却恰恰证明了落魄文人对现实的无奈与绝望。小人当道,人欲横流,于是便退缩到虚拟的假设中去。伟大领袖毛泽东同志也曾在诗里和这个古代大诗人开了一句不大不小的玩笑:"桃花源里可耕田?"所以无论你我看来都得放弃让小人消失的不实际的想法,心平气和地与小人共舞。这是你我都必须面对的现实。况且孰是小人？孰又是大人？谁说了算？你说他是小人，抑或他还说你是小人呢。没有谁会承认自己是小人。其实大家痛恨的小人虽然无处不在，却很难具体化。所以判断小人的标准实在是万分复杂也万分简单。历史上历朝历代的奸臣大概可以算是小人了吧？可是他们生前显赫得很，谁会说他们是小人？

　　细细想来，小人也是生活中不可或缺的，一部二十四史被小人弄得颠颠簸簸高低不平，当然也生动无比。设若没有小人，我们的生活可能会很宁静很正常，然而没有非常与意外的宁静其实也是很枯燥的，就像一条没有弯道没有落差也没有汊流和浅滩的河流。有时候意外之喜或意外之忧，无风起浪无中生有的跌宕起伏，也会有许多乐趣。（当然有时我们并不喜欢这种乐趣）在我们没法让小人消失时我们只好这样安慰自己。小人使我们的社会生活变得曲折生动，复杂而丰富，仿佛一条暗流密布汊道纵横的河流。你得承认在创造社会生活的生动性和曲折性方面，小人实在是功不可没。

　　小人总是很生动的，这一点是大家有目共睹的。几乎可以毫不夸张地说：在社会这个大舞台中小人是最出色的演员。他的出场总是戏意无穷，一件平常的小事也好一个单位也罢，只要有了小人就肯定有戏。我的一个朋友因与小人为邻，从此家中便无密可保。夫妻间免不了会发生的争吵或龃龉不几日便会以极生动的形式在同事间风传。朋友因此而感慨：难怪古人要择善而居呀。让人不明白的是：看上去也是人模狗样衣冠楚楚的一个人怎么会热衷于这样的事。感慨归感慨，你还得耐下性子与小人共舞。当然这可能和我们热心于窥探别人隐私的传统文化有关。由别人的隐私演绎而来的故事充斥着我们的生活,使我们的生活充满了无限的快乐。这其实是小人的一大贡献。至于故事主人公的痛苦,小人是不管的。

小人是我们这个时代的真正的适者,他们可以轻而易举地完成从同谋者到告密者的转变。你不要企图和小人动之以情晓之以理,他的道理永远比你充分,比你更冠冕堂皇。葫芦里装的药只有他自己才知道。深谙表演的小人自然知道什么时候该运用什么样的表演。声色涕泪偷奸耍泼,只要能达到目的采用何种手段他们向来是不在乎的。他们永远有充足的理由使自己获得心理上的平衡,需要是他们的最高哲学,为了实现这个最高的哲学他们可以出卖一切可以出卖的东西。人若是活到这样的境界,倒真是需要点勇气的,也真的有点令人不寒而栗。因而我们不难理解为什么小人得志在古今中外都屡见不鲜。

余秋雨先生曾经在一篇文章里历数小人在历史上的罪恶,可见与小人共舞贯穿着我们的整个历史。这其中除了小人本身的因素之外,当然还有更深刻的社会和历史原因。经济学里有一个说法:"劣币驱逐良币"。而"劣币驱逐良币"的逻辑结果是:只要劣币与良币等值的现实不改变,小人的队伍将日益发展壮大,并逐步形成好中差各种不同档次的跨世纪小人。与小人共舞很可能将成为一种生存技术而影响着我们的生活。一如行驶在一条暗流密布沟汊纵横的河流中,你当然应该知道哪里有急流,哪里又有弯道和暗礁。

1998 年

谦虚别解

谦虚是中国人最为传统也是最为经典的美德。从卷帙浩繁的典籍里你可以读到许多千古流传的关于古人谦虚的记载和许多高度抽象概括后的关于谦虚的格言。我们的一生都在接受谦虚教育。谦虚实实在在是一种美德、一种人生境界。只是我们幼年即开始的漫长的谦虚教育似乎并不是一种真实的谦虚，比如上小学的孩子拿着满分的试卷在人前招摇，做父母的就会告诫：狂什么？谦虚点！这种谦虚的启蒙教育使孩子们很早就懂得在成绩面前要沉得住气，无论怎样心花怒放也要故作视之漠然状。实在按捺不住了，也要等身边没人的时候把房门关紧悄悄手舞足蹈一回，否则骄傲的罪名将使你陷于困境。

在这样的谦虚教育熏陶下，人自然会成长得谨慎稳重，可是却与谦虚的本来含义相去甚远。它只是教会我们如何掩饰自己，人们无法透过你脸上谦恭无比的表情窥看到装在葫芦里的药。尽管内心不愿意但你仍然应该表现得谦虚一点，如此可使你日后省去诸多烦恼。你武功第一，可天下之大，江湖之远，谁敢说没有武功高过自己的。说不定刚刚拍了胸膛之后就立时出来一高手将你打翻在地。于是给自己留条后路免得难堪。心里想的嘴上却不敢说出来。明明不将对方放在眼里说出来的却是"多多指教""献丑了"之类的客套话。中国人的谦虚实在是吃亏太多,而且是被逼的。今天你第一,明天、后天怕是未必了,于是不得不谦虚。这种伪装出来的谦虚其实已经远离谦虚了。对于有绝对把握做到的你不能太老实,你得说"让我试试"。

想做官的人大多精于此道,这种事情直奔主题是肯定要误事的。因而他们一般都是顾左右而言他。比如,"还是让比我有能力的同志上吧",或者"既然领导信任,我就试试吧"。如果真的有人把他的话当真了,那么这位表面很谦虚的同志肯定要骂娘的,要辗转反侧寝食不安的。由此看来,中国人的谦虚在某种程度上只是一种自我保护,一种人生策略和技巧罢了。

1998 年

都有一本难念的经

我们都当过下级，而且我们都是下级，（我们的上级相对于他的上级而言他又是下级）然而我们可能不是一个好下级。对于上级我们总是有许多倾诉不完的牢骚和怨言，私下里常常在一起倒倒对各自上级的苦水。当然一般情况下这些牢骚和怨言上级是听不到的。因为几乎所有的上级都已经习惯于来自下级的肤浅的颂扬，尽管他们对这种肤浅颂扬的真实性心知肚明。好话总是比较动听的，事实上爱听好话的也不见得只有上级。

下级总是觉得上级的水平不一定比自己高，能力也未必比自己强。尽管我们知道上级需要怎样的配合，但我们总是不那么心甘情愿，因为我们觉得那样就委屈了自己，"我又不是你的小工"。

上级挨了他上级的批评，我们暗暗高兴。因为这恰恰证明了我们的上级并不足以领导我们。对那些尽管也知道上级并没有优秀到十全十美，却尽力辅助上级的同事，我们看不惯，说他是马屁精，起码也是没有人格深度。

下级永远在抱怨，而上级一旦抱怨就显得没有水平。大概全世界的下级都在犯同一个毛病。有人说了一句很深刻的话：人不应该先当下级再当上级，而应该先当上级再当下级。这话有些道理。

上级有上级的不易，下级也有下级的难处。人就是这样，当下级时一心想不断进步有朝一日也能成为别人的上级。一旦当了上级之后又觉得其实下级也有下级的乐趣。什么也不用操心，笑骂由己无所顾忌，最多被人说声没觉悟，年底评不上先进而已。而上级就不可以像下级们那样任性了。下级成为上级叫进步，可是如果上级一旦成了下级情况就有些不妙了，这叫丢了乌纱帽。

当然当上级肯定也是充满了乐趣的，不然为何会有许多人朝思暮想地要去当上级。比如说可以拥有许多下级不知道的秘密。一个拥有许多秘密的人在注视着那些茫然无所知的下级时心里肯定是相当快乐的。

做个好上级不易，做个好下级亦属不易。只是有好上级肯定会有好下级，有好下级则不一定就有好上级。话虽绕口道理却很简单：群众是真正的英雄。这是毛主席他老人家说的。

1997 年

苍白的虚构

虚构似乎越来越不讨人喜欢了,这可能和一个时代的风尚有关。物质匮乏的时代人们需要用想象来填补物质的不足,而物质的富足却可能会使人们的想象力不断萎缩。我们曾经经历过想象泛滥的时代,那时人们生活在心造的理想之中。美妙的理想使人们忘却了物质的贫困。当时作为虚构文体的小说之类,充斥着所有人的业余生活。作家们趾高气扬地引导着人们的灵魂不断走向高尚。

那些充斥媒体的所谓记实文字不断地在写作中暗示你这是一个真实的故事,毫不掺假的故事,许多报纸或许为了证明自己百分之百的不掺假还登出更多的照片,以正视听。照片比文字更有说服力;这也是目下照片类书籍滥觞于书肆的原因。以往令作家们骄傲或骄横的虚构,如今已无人理睬了,是作家失去了虚构和想象的能力还是人们主动地放弃了虚构和想象的追求?至少人们不再喜欢虚构的作品了,许多聪明的作家或懂得生存的作家开始迎合人们写一些非虚构或记实性的作品。他们自然从这里得到了很多好处,于是他们写了更多的真实的故事,或者至少要让读者相信他写的是真实的。而另一些作家仍一如既往地虚构自己的世界,他们要么被遗忘,要么在圈子里赢得一阵寥落的叫好声。

之所以出现这种状况,大约有两种可能:一是生活本身的复杂性远远超出了即使是最优秀的作家的想象,作家的想象远不如生活那样实在、不矫揉造作,人们发现生活本身比作家虚构的故事要精彩得多,在一些真实的生活面前人们发现他们上当了,他们被作家骗了很多年,流了很多也许根本不值得流的眼泪。于是他们抛弃了自己喜爱多年的虚构文学,开始把目光转移到客观记录生活的文字上面。一是作家们面对日益复杂的世界突然发现自己的想象力像玫瑰一样枯萎了。与丰满而诡谲的世界相比作家们的虚构单薄而苍白无力。他们或许发现要想象和虚构现在的世界要比从前的作家困难得多。

两种可能都必然导致从前辉煌无比的虚构文学的衰落,人们纷纷离开从前热爱的文学走到真实的大地里。严重的"水土流失"使虚构文学像一个被遗弃的野草丛生的花园,虽偶有游人路过,然多数是前去凭吊往事怀思古之幽情。

当下的社会生活已经不像古代那样简单、稳定而缺少变化。人们不再像祖辈那样劳作、生儿育女、思考人生。现代人几乎从一生下来就"一路狂奔",幼儿园、小学、中学、大学、单位、房子、职称,否则你就会"输在起跑线上"。问题是,我们根本不知道我们用一生的时间究竟要奔向哪里。难怪有学者感慨让人们放慢脚步"等一等灵魂"。想象力已经成为多余的东西

行色匆匆

（或者在一生所经历的无数次考试中，它已经被灭掉了，包括作家们），人们对物化的、现实的东西更有兴趣。

  放弃虚构肯定意味着放弃文学，我们眼前的真实的世界无论它如何精彩都肯定不是文学（像媒体上连篇累牍的记录生活的文字），文学是我们感受到的世界而不是我们看到的生活。这是一个很简单的常识性问题。"虚构"永远是考验一个真正作家的标准，作家通过虚拟的现实（而不是现实生活的简单复制）让人感受到另一种更为深刻永恒的真实，从而完成对世俗世界的超越。这是虚构与编故事的差别。作家想象力或虚构能力的"阳痿"可能是读者远离文学的原因。其实你不难从那些记实性文字里发现文学的精灵在飘浮，如果没有文学这个附身的魂灵，记实性文字将难以卒读。记实可以极大地满足人们窥视别人的欲望。为了满足人们的这种欲望，作家有时像个危险的、刺探别人隐私的阴险家伙，别人把难言的痛楚告诉他们，他们满足了自己的窥探欲之后，又将别人的隐私高价出售，并告诉你这是"绝对隐私"。问题是，这不是文学。

1999 年

地位的流变

在我们还很小的时候就从父母的各种证件里知道自己所处的社会位置了。后来我们长大了,我们也像当年的父母一样开始填写各种应该填写的表格,并在表格中重复着父母填写过的内容。(这其实在我们尚未出生时它就存在了)在当时,这个内容对我们的前途和命运都很重要,它可以使你自豪也可以使你自卑。这是一个很无可奈何的位置,因为这关系到社会对你的家族包括你本人的定位与评价。你不明白爷爷奶奶或父母怎么不为后代子孙想想,稀里糊涂地就堕落到现在这个位置上了。以致他们的儿子和孙子们也因这个位置而跻身到可以教育好的子女的行列,要付出比别人多得多的努力,才可以改变一点自身的命运。和那些无须教育也好的子女或曰根正苗红的人在一起,你总会觉得有些自惭形秽。当然这是在一切以阶级划分地位的年代。

后来情形渐渐发生了改变。人的地位与官职、财产有了更多的联系。而官职与财产又天生有些扯不断的牵连,所以弄得我们常常搞不清一些抛头露面的人到底是官还是商。这说明地位

行色匆匆

确实是个很实在的东西，实在到可以决定你的餐桌上是萝卜白菜还是鸡鸭鱼肉。这自然使得很多人起早贪黑地谋求可以改变命运的地位。

但地位有时也相当虚幻。比如说大学教授吧，地位不可谓不高，可教授遇到学校里的房管科长常免不了要低声下气，地位在这里出现了反常现象。就是说，有的地位是实的，有的地位是虚的。但不管什么样的地位，哪怕明明是虚的，也总还有人要争。我认识一位教师，五十多岁了，因评不上高级职称悲痛欲绝，卧病不起。我劝他评不上就算了，又不是什么了不起的东西。而且他的工资本来就不低，就是评上了可能连工资都不能加，何必呢？他好像也没有搞明白自己为什么要评，想了一阵，才说出一条他所以非评不可的理由。他说要是评上了，出差可以坐飞机。这理由让我吃惊，我没想到他会如此热爱坐飞机。一个人若想坐飞机自己买张票也没什么大不了的，犯不着为此悲伤不已。我想他热爱的其实不是坐飞机，说穿了还是那个虚幻的地位在作怪。地位这东西有时还是很害人的。

人不该为地位所累，超然物外、心无羁绊或许能活得更逍遥自在。道理人人明白，但要真正不为地位所累也非易事。见到别人有名有利心中难免痒痒，于是钻山打洞，乐此不疲。而且希望别人晓得他的地位，希望别人承认他的成功，以便有力气继续累下去；否则锦衣夜行，索然无味。这是可以理解的也是令人同情的。多数人的一生包括你我，也是这么度过的。

1999 年

打量城市的眼光

一个人在一座城市里出生、长大，然后又去过许多地方，见过许多别的城市；然而他对城市的最初印象还是来自于它成长的那条街道。他对那条街道永远充满了感情，因为他想起了过去的一段经历，怀旧的情感为那条街道添加了许多戏剧性的细节。比如，他总是沿着那条街道上学，那条街道有一个卖白酒的老头，他在那里开始了他的第一次约会。他和街道的亲密感，实际上是他和回忆中的个人历史的亲密感。因而，老住户的感觉一般都倾向于指向过去。比如他在这条街道上的故事和个人经验。街道日益衰旧或日益繁华，对于老住户而言，都只是一种怀旧的题材。他可以从刚刚落成的建筑中回忆起往日的美好时光或艰难岁月。

但是对于年轻的一代，情况就不同了：街道和街道两旁展示的一切，就不再是历史性的呈现，而是当下的一个现实。他们不赋予街道以叙事的内容，而是把街道当成一个行动的范围。他们在夜幕降临以后溜出家门，路灯敞亮，街道向他们袒露出耀眼的纵深的一面。他们穿行于大街或藏身于大街，把它作为自己每日活动的途径或场所。

年轻一代心目中的街道永远是个新世界。哪怕是一条历史久远的街道，在他们看来一切都新鲜无比，在他们的眼里永远是一个充满变化与上演层出不穷的故事的"舞台"。这条街道的"过去"他们是不关心的，和老住户相反，他们似乎更倾向于"未来"。他们的视线在两旁的店铺、招牌流连或跳跃。当他们漫步于这条由灯光和反光构成的街道当中，可能一无所思，因为他们的记忆中缺乏重现的经验，并且也没有叙事的素材。当然，等这些年轻的居民积累了足够的素材之后，他们打量街道的眼光肯定会发生变化，只是那时他们可能已经成为老居民了。

任何一条街道在两代居民的眼中都是两种截然不同的"版本"。我们每天熟视无睹，匆匆走过的街道，其实是我们每个人最重要的人生场景。对于一个城市而言，街道也是最重要的"单元"，所有的城市都是由街道构成的，对每一个外来者，他对一座城市的印象都来自于这座城市的街道。因而一座城市的建设者，如果他是老居民他可能会倾向于过去，如果相反，他可能会更倾向于"现实"。然而，如果一座只有现实没有历史的城市，这样的城市是轻浮的、浅薄的；相反，如果只有历史没有现实，那就与一个考古现场差不多了。

一个理想的城市，应该既是历史的，也是现实的。能同时满足老居民和年轻居民打量的目光。我想，如果一个城市的建设者同时具备老居民和年轻居民打量城市的目光，那将是这座城市的幸运。

1998 年

形象设计

先前的人似乎并不怎么留意自己的形象,那时的大街上无论长幼妍媸一律是姑爷蓝的中山装,只有走近了才能看出各自模样上的差异。因而在当时人们的印象里,形象就是模样,模样就是脸蛋。而脸蛋却又是自己没法设计的,父母早就设计好了。偶尔有人想设计一下自己,也只能在头上玩点花样。比如在头上蘸点水或劣质发油,将头发梳理得光滑无比,然后从中间整齐地一分为二。这样的人在当时很容易被人们评价为"臭美",也很可能在其入党或恋爱时因此类问题而受阻,毕竟当时电影里的坏人几乎无一例外的都是这样的形象。在我的回忆里,我的童年始终是在毛发蓬乱中度过的。我们当时坚信这才是真正的劳动者的形象。当然这是指男孩,女孩子即便在当时也还是可以梳个光滑顺溜的辫子的。连苦大仇深的杨白劳也知道给女儿买根扎头发的红头绳。

"鸟美在羽毛,人美在心灵"是我们曾经最崇尚的格言。现在想来这种想法多少有些天真。褴褛的衣服下面未必就是美好的心灵，华贵的盛装之下也未必就是丑陋的灵魂。况且心灵不是一眼便能看透的，需要时间和耐心去慢慢阅读，尤其是现在人际交往日益频繁而短促，谁又耐烦去读你的心灵。而外表的形象却是可以一目了然的。于是形象设计便成了一门学问，有人以此为业赚了不少银子。

我曾私下注视过从形象设计馆走出来的男女顾客，果然一律油头粉面光彩照人。只是我会隐隐觉出他们仿佛是从以前的电影里走出来似的。时间使很多事情变得像一出充满荒诞意味的喜剧。

有时候我会在虚构中想象一个蓬头跣足的人走进豪华气派的星级酒店的情景，我想这个虚构的结局肯定不会幽默。因而我时常提醒自己不要轻易出入那些太正经太严肃的地方，除非你做过形象设计。

1998 年

这个世界真的很热闹

眼下的这个世界是越来越热闹了，到处都可以看到人们欢呼雀跃的场面。形形色色的人们热衷于一种一致而共同的生活形式：足球场上，狂热的人群为一场其实与自己并无干系的比赛摇旗呐喊；证券交易所里，人们为同一种股票的暴跌而忧心忡忡；在社交场合，人们用同一种语言和姿态接人待物；市场上，人们受着同一种广告的诱惑，争相购买同一品牌的商品。每一次热闹之后心头总是会留下一种空荡荡的感觉，一切都已过去，没有不落山的太阳，没有不散的宴席，没有不结束的舞会，没有不会逝去的青春。于是又返身而去，寻求新的刺激和热闹。世界也因此越加热闹而喧嚣。每个人都用表面的热闹掩饰自己内心的真实。

一次我在一个热闹的场合里邂逅了一个知青时代的朋友，我俩在这个热闹而嘈杂的地方回忆起从前的日子。我们回忆起当年在农民自留地里偷菜被捉住的情形，那个当年饶恕了我们的偷窃行为并允许我们将菜带走的农民在很多年后的舞厅里出现

行色匆匆

在我们的回忆中，那时一捆青菜就可以使我们享受到真正的欢乐。可是面对这越来越热闹和繁华的世界，我们似乎越来越难以感受到真正的快乐了。

现代人最注重的是自我，而最害怕的恐怕也是自我。形形色色的潮流支配和选择自我，使自我不得不随波逐流。比如你不由自主地按照五光十色的广告选择商品，按照时尚和潮流设计包装自我。处于这样的潮流的围困之中，人如同活动的人形，表面的幻影，来去匆匆，前不知去者后不知来者。人们似乎置身于一个表面上熟悉，而实际上并不熟悉的世界之中，置身于自由选择而又无法把握的世界之中。

从某种程度上可以说，现代人是最聪明也是最愚蠢的、最深刻也是最浅薄的。拼命地创造、拼命地求新、拼命地享受，创造了最宏伟的建筑，也创造了摧毁这些建筑的最现代的武器，开拓了宇宙的新的空间，也制造了人类生存的新的囚牢。能源枯竭、环境污染、生态失衡的阴影始终笼罩在现代人的头顶上，可是我们仍没忘记把全世界都变成一个巨大的舞场，欢度一个又一个奢侈、繁华、狂欢、尽情享受生命的节日。令人困惑、迷惘、无所适从的其实是人类自身。

1999 年

很多年以前

"很多年以前",这并不是一个人人都可以使用的话语,只有当一个人拥有或者走过了许多许多的"很多年以前"的时光,他才可以或者喜欢使用"很多年以前"这样的话语。我不知道我是何时开始热衷于使用"很多年以前"这样的话语的,总之,我的行文如今常常会出现先前并不经常出现的"很多年以前"的话语和句式。我想或许是因为我已经拥有了很多过去的时光。我常常在一人独处时沉湎于很多年以前的往事。

很多年以前,我在一个宁静而荒凉的乡村的一间简陋的屋子里读一本叫《等待戈多》的西方荒诞剧剧本,距我不远的另一间同样简陋的屋里时断时续地发出12英寸黑白电视的沙哑的声音。这一幅情景在我的内心里保存了许多年,每一次回忆我的内心里都会涌来一种荒诞的感觉:一个年轻人在滇西大山深处的一个角隅里,面对如四面楚歌般的莽莽群山,居然充耳不闻洋溢着青春和生命气息的山歌,却去读一本与生气勃勃的景色格格不入、相距甚远的西方荒诞剧。这的确有点荒诞。"等待"

似乎说明了我很多年以前的一种生活状态，或者说一种生活态度。一个人在大山深处默默地等待着其实连自己也说不清楚的东西。用等待拒绝眼前的现实，在等待中享受"很多年以后"的美妙。

直到"很多年以后"成为现实之后，才知道这"很多年以后"其实并不像当年想象的那般美妙。于是又开始沉湎于很多年以前。

如今的人恐怕不再相信"等待"了。他们比我积极得多现实得多，如果有谁还像"等待戈多"那样等待幸运的降临，这本身就是一种荒诞。如果现在有人问我："人生是什么？"我可能会不假思索地说："寻找。"否则我们无法解释人们为什么这样忙碌，找水喝、找饭吃、找学校、找工作、找活干、找住房、找职称、找时尚、找钱财、找权力。芸芸众生茫茫人海都是正在"找"的人，疲于奔命地寻找，放弃寻找就意味着放弃生存。不懈地寻找或许能找到一个座位，心情舒坦地驶向归宿。不过很多时候我们可能连自己寻找什么也不知道了，可是还得继续找下去，为了使你日后的"很多年以前"的故事不至于太悲惨，太催人泪下。

1999 年

困难的理解

  细细想来，在现代社会中理解人的心灵似乎越来越困难了，年龄、经历和文化的差异，乃至金钱的多寡和地位的差异都使每一个近在咫尺的人变得遥远而陌生。就像卡夫卡笔下的那座"城堡"，近在眼前，远在天边，隐隐约约、朦朦胧胧、可望而不可即、可见而不可触，永远只能在外围徘徊。而对绝大多数人而言，别人的心灵是一座"城堡"，自己的心灵也是一座"城堡"；自己进不了别人的"城堡"，别人同样无法进入自己的"城堡"。多数人并没有卡夫卡笔下K那般的恒心，一心一意想进入城堡，他们只愿意在城堡外面转一转，并不想真正去了解人的内心世界。

  事实上，当你留心一下周围热热闹闹的世界，你会发现如今的人际关系变得越来越表面化了。一个人的精力和时间是有限的，但是要打交道的人却越来越多，节奏越来越快，因而只能维持一种表面化的关系。越是社会关系广泛的人，就越是如此。一个人认识各种各样的人，见面就握手、拍肩膀，亲热无比，好像阔别多日的老朋友一样。实际上他有可能连对方的名字都记不住。

我们走进一家热闹的舞场。很多人摩肩擦背尽情扭动身躯，有的人坐在阴暗的角落里喝着茶水，眼前是涂满脂粉的微笑和闪烁的灯光，但他的心却像是一片荒岛——无人能进入它的中心。

如今人与人的交往中已经形成了一些新的现代的"忌讳"，比如对方的收入、财产、年龄都成为不便询问的话题，贸然提出不仅会使人感到尴尬，而且会被认为是一种不礼貌的做法。这种忌讳已成为人们所熟知和共同遵守的礼节之一。

种种人与人关系中的现代"忌讳"，也造就了人们之间的隔离。一个公务员会厌倦自己每日单调而重复的工作，一个售货员也会对自己重复的礼貌口语感到厌烦；于是在自己不被他人理解并且也不能自我表述的情形下，开始厌倦这种交往，用疏远他人的方式企图由此建立一个完全属于自我的"孤岛"，或者把情感和热望依附于不谙人事的猫狗身上，作为一种特殊形式的自我隔离，因为有时动物似乎显得比人更具有"人情味"，更真实可靠。人希望在和动物交往中获得某种安全感和亲近感，实际上也是人渴望理解的本能的表现，是在一个冷漠的世界中人性的挣扎。由此想来作家们热衷于表现荒山野岭的原始生活，或许是想借此寻找纯朴美好的人性，这既是一种对心灵理解和沟通的渴望，也是一种无可奈何的失望。

1999 年

难辨真伪

如今你若想辨别什么是真的,什么又是假的,似乎越来越为难了。当你在大街上漫不经心地浏览着沿街商店里陈列着的琳琅满目的商品时,你不知道那里面有多少是真的。恍若空气般无孔不入的广告信誓旦旦地向每一个顾客承诺"不求最好,只求更好",只是等你终于明白它其实并不比别家的"更好"时,你已经上了一回当了。泱泱大国芸芸众生中如我这般智商低下缺乏分辨力的肯定不在少数,因而厂商并不担心他的网中无"鱼"。

每月发薪水的时候是工薪族们最愉快的时光。然而当你怀着节日般的心情接过并不丰厚的薪金时,你又开始担心其中是否有假。如若有一张"老人头"是假的,那么你这个月的生活立时会捉襟见肘,没法潇洒。于是你小心翼翼地捏着一张张污渍斑斑的钞票喂进假币识别器中,可是你又开始无端地忧虑这个假币识别器究竟是不是真的。遇上运气不好时,你也会拿到假币,无数次吃亏上当多少也使你增长了一点智慧。于是你拿着

行色匆匆

假币来到一个堆满了乱七八糟不知是真是假或者真真假假的摊前，买上一条同样不知真假的香烟。你支付给商贩的自然是假币，因为你深信像你一样不辨真伪的人并不止你一个。每次得逞后，你内心多少会有些惭愧，毕竟受党教育多年，可是觉悟就是不见提高，于是安慰自己是"以假治假"而已。

别的可以假，平日知根知底的同事总不会假了吧？李四不是张三想假也假不了的。可是评职称时李四忽然抬出一本或数本令人望而生畏的"著作"，李四于是成了"李副主编"。惊诧之间不知此李四是真抑或彼李四是真，于是虚心请教彼何以一夜之间晋升"主编"，李四四顾无人便将秘诀传你：只需代销××册便可挂一"副主编"。办公室的废纸篓里每日都充斥着成为主编的机会。你一试何妨？你忽然醒悟：原来李四是真，李主编是假。"假亦真来真亦假"，李四劝你潜心攻读《红楼梦》，他说雪芹老人才是深谙此道的高手。

你又开始忧心忡忡，你担心是否会有那么一天，你一觉醒来连自己是正品还是赝品都弄不明白了。呜呼，难辨真伪！

1999 年

涨价的快乐

从前我们的快乐是不需要太多的钱的。弄一张桌子,有时甚至不必是桌子,只要一张方凳就行,几人围住便可尽享棋牌之乐。那时的电影票价如今你已经想象不出还能干什么了。每逢周末能让人快乐无比的便是看电影(此外就是每年屈指可数的节日)。由于影片不多所以每部片子似乎都很好看,而且经久不忘。收音机是我们当时最奢侈的娱乐大件。黑白电视(你和你的同伴把它称为"放在家里的电影"),你是从大城市出差回来的人们的描述中了解到的。你当时觉得这一切很遥远。那时一个小孩关于洗衣服的机器的梦想很可能会博得大人对他的想象力的赞赏。

上述的一切似乎是在单卡录音机和食堂舞会盛行的年代中渐渐隐去的,当时的人们在单卡录音机的伴奏下舞步生疏地在公共食堂或会议室里跳舞。单卡录音机里播放的久违的欧美轻音乐与港台歌曲既令人想入非非又刺激着禁锢已久的欲望,交谊舞可能是当时最流行的休闲方式,它使我们知道了身体的反应

行色匆匆

和需求，使我们开始走出了"文革"时封闭而刻板的生活。当时最热衷于跳舞的应该是 20 世纪五六十年代的老舞迷们，而年轻人中的一部分则从他们那里获得了启蒙教育。直至今天在广场上跳交谊舞依然是老人们的一项有益健康的娱乐活动。

消费时代很快就到来了，舞厅、音乐茶座随之出现。而电视则让另一些闭门不出的人自得其乐。（收音机似乎只有晨练的老人对之一往情深了）消费首次使人群发生了分化，个体户、万元户与工薪阶层的快乐方式从此有了很大区别。

使我们突然变得无比热爱歌唱的时代是在卡拉 OK 出现之后，不管有没有嗓子、识不识谱。卡拉 OK 产生了有史以来最大的噪音，同时它也是极端个体化的行为方式，与革命大合唱遥遥相对。关于卡拉 OK，有一个最大胆的比喻是它像自慰，而且是当众的。卡拉 OK 标志着人们的快乐已全面受到商业的入侵，并与田园牧歌式的生活方式彻底分离了。

如今人们的快乐正变得有些捉摸不定，就连电视也不那么有号召力了。由于贫富的差距，人们快乐的方式也似乎有了层次的划分。快乐开始沦为一种商品，它日益上涨的价格正在使一部分人因无力购买而成为快乐的觊觎者和旁观者。它甚至成为一种身份和地位的象征而与快乐无缘。因无力购买快乐而使一部分人因此失去了快乐（当然能用钱购买的快乐究竟还是不是快乐显然是另一个话题）。比如很可能有相当一部分人至今仍不知保龄球为何物，我们是否可以认为他们就因此失去了某种快乐呢？

1999 年

休闲何处

如今年纪稍大一点的人大约都会记得一本曾经很流行的书《工作着是美丽的》，这本书曾极大地鼓舞了一代人的工作热情，这个题目赋予呆板而又枯燥的工作以一种并不很真实的诗意。它和我们今天所提的"时间就是生命"（一说"时间就是金钱"）可谓异曲同工；它使我们很多人在某种诗意或口号的激励下不断地搞累自己，身为凡人却日复一日活得跟圣人一样。在很长一段时间里，休闲一直被人当成工作的负面，而不是"另一面"，很少有人把它视为一种正面的活动。凡是重视个人兴趣、喜欢玩乐、有大量嗜好的人，总是饱受"浪费时间""不务正业"的指责。

但即使是那个时候你仍然不难发现，每一个角落里都有一些千方百计地想逃离工作，却又不知道该逃向何处的人。热爱休闲或者说好逸恶劳是人与生俱来的天性，不管你承认还是不承认。当然更多的时候我们更喜欢听到别人评价自己勤劳，尤其是当这种评价与一种荣誉或利益有关的时候。而那些比我们年轻的朋友似乎要比我们更为坦率一些，他们并不讳言他们对休闲的热爱，不愿"活得太累"，这既是他们的人生宣言也隐含着对上一代人或嗜工作如命的人的评价。双休日的出现为我们的休闲或者懒惰提供了一个广阔的天地。可是你很快就发现真正能静享闲暇的人似乎不太多，滚滚红尘，物欲横流，工薪族人休闲也不容易。到野外郊游，近处的风景早已见惯不惊，再难唤起新鲜感。远处虽有风景，然疲于奔命，休闲反添累乏，当然钱包不丰也是原因之一。有钓鱼的爱好当然很好，只是远远近近的水塘都已被人承包，要找一去处也不容易。邀三五朋友搓麻，输了自己不干，赢了又于心不忍，而且几夜下来，比上班还累。

有时想想最惬意的是闲，最难受的也是闲。一个人犯了法让他在牢里一个人"闲"着，没有比这更严厉的惩罚了。人们不敢触犯法律其实也就是怕一个人到那地方"闲"着。好逸恶劳是人的本性，而劳动也是人的本性。你不可能无所事事，还得做事；感叹活得太累还得继续累下去。这是个无可奈何的怪圈。

其实闲是一种心境，倒不一定在乎你干什么。有人终日忙碌，可是他乐在其中，这对于他可能就是一种闲适一种享受。虽无所事事却总是心气难平，自己和自己过不去，如此休闲，还不如去累。有一个很庸俗的比喻：日子像一条裤带，勒紧了肚皮难受，太松了裤子滑落。此中是否暗含休闲三味，仅供"有闲阶层"参考。

1999 年

催奶良方

没有任何一个时代能比现在更讲究生育质量了，对于那些仍准备恪守传统的夫妇而言，生一个高质量的后代是他们睡到一张床上后最现实的目标。只生一个，使现代的夫妇们在生儿育女这样的大事上，几乎处于只许成功、不许失败的境地。

我 27 岁那年，老婆为我生了一个儿子。可是老婆奶水不足，直把我的后代饿得整夜啼哭，无奈只好到商店里买些进口奶粉哺育我的后代。老婆不干，因为所有的人都说，只有母乳才能喂养出高质量的后代。产科病房到处贴着："母乳喂养婴儿好。"于是便去医院找来催奶的方子，可是那方子只是把老婆补得食欲大增，奶水并不见长。于是又去，耳朵里回响着儿子的啼哭声。遍寻催奶药方，竟无一奏效。老婆此时才想起，我也是医生这个事实。可是在大学里老师并没有教过如何催奶，既然别的医生不行，那就只好看我的了。于是我参考了别的医生的处方，我的目的是要吸取他们催奶失败的教训。我发现那里面一律都是些补药，现代的母亲不缺营养，于是我便反其道而行之，

行色匆匆

开始用些疏通经络、调理气机的药。老婆服下我的催奶药方后,乳汁居然如泉水般涌出,把我的儿子喝得迷迷糊糊,从此再不啼哭。

后来,此事不知是如何传出去了,便常有人找我开催奶的方子。我的催奶名声大噪。单位里分来一名刚毕业的女同事,人长得冰清玉洁,只是从不和人玩笑,一副拒人千里、不食人间烟火的样子。可是这样的人也要结婚,也要和别人一样生儿育女。而且,她和我老婆一样,奶水不足。她的老公便来找我,我也依法炮制一催奶药方。后来她老公告诉我,那方子让她乳如泉涌。再后来我就不做医生了,可是,还是有人慕名前来找我开催奶的方子,有时竟当着未婚女同事的面。可是都是熟人介绍来的,不好拒绝。

一次和老婆回首往事时,她说在我的医生生涯中,最大的成就当属催奶。我想也是,只要有人缺奶,便会有人想起我。不过,一个大男人最擅长的是为女人催奶,说出来真的有点不好意思,对不起那些教育过我的大学老师们。

1999 年

散步商场

眼下散布在城市各个角落的五光十色的商场里,你不难发现许多神态悠闲的散步者。由于城市的扩展和环境的每况愈下,这些昔日的散步者发现可供他们散步的地方越来越少了,田野和森林离他们也越来越远了,不断蔓延的建筑使他们已经难以呼吸到田野里稻花的芳香。于是他们在晚饭后不约而同地走进商场,在空气并不新鲜的商场里继续他们一贯的散步。

他们是真正的散步者,因而他们与此时展现在他们眼前的商品是无缘的。他们只是混迹于自以为是的顾客中间,在商场穿行、无目的地四处观望。他们可能钱包不丰,仅仅是出于散步的目的进入商场,也许是为了下一次的购物。这样的散步者其实是顾客的预备队,一种预习式的散步事实同购物密切相关,因此这样的散步者并不纯粹。

另有一种散步者,相对贫困,只能在物品的海洋中目不暇接,有灭顶之感。他们被阻隔于物品之外,只能远远看着。他们在里面溜达,东瞧瞧西望望,很有兴趣地观看一个和他们实

行色匆匆

际生活差异较大的另一种生活方式和物质表现，一如他们从电影或小说中观看有钱人的生活图景。由于与物品的占有无缘，有时会产生一种敌意，从羡慕、匮乏到敌视，这三者常常会纠缠着一起出现。因此真正意义的散步者，他们有时在商场里逡巡，不抱任何购买和了解行情的目的。他们的视线飘浮于外观，参与摩肩接踵的人群，享受一种被陌生人包围的安全感，然后不被干扰地汲取商场的印象片段。这些散步者并不关心标价和最新的流行款式，他们不过在此例行他们从前的散步而已。他们几乎无动于衷地徜徉在商品的海洋里。他们由于不购买也不准备购买，这样他们与商品之间就不存在占有与被占有的关系，并与商品处于同级关系。于是，物品的完整性、整体性就向这些无所欲求的散步者敞开了。它们随着散步者的视线滑入他们的视野，然后又退出，成为单纯被观看的他者，那目光没有粗暴和掠夺的贪婪。商场散步者的目光永远是友善的，一如我们对月光或一片风景的注视——非占有的注视必然会导致美，这一原则在一切场合都适用。

1999 年

我们快乐吗?

　　上小学的时候,老师站在简陋的讲台上,竖起被粉笔弄得脏兮兮的指头向我们灌输"理想"这个词的含义。我们的目光跟随着他的手指越过头顶上方走向混沌不清的远方,他说那就是理想所在。看到我们一脸茫然,他知道我们无法理解他对理想这个词过于诗意的解释。于是问我们:"楼上楼下电灯电话你们想不想?"当教室里爆发出老师所期待的整齐而响亮的回答后,他说这就是理想。后来的日子,碰上有人问我什么是理想时,我就会不假思索地脱口而出"楼上楼下电灯电话"。老师对理想的描绘使我们快乐了很久。物质的匮乏似乎使当时的我们丧失了关于物质的想象,因而我们很容易满足,很容易快乐。

　　老师当年为我们描绘的理想是在我成年之后成为现实的。我居住在楼上并跟随流行时尚拥有了自己的私人电话。我怀着昔日梦想成为现实的得意告诉儿子,这就是我们从前的理想。儿子的目光毫不掩饰地表达了对我从前理想的嗤之以鼻,他说:"连小康都不是。"接着儿子向我描绘了他的理想,他的理想比

行色匆匆

我当年的理想豪华气派多了。物化的世界赋予他们太丰富的想象力,昔日贫困的生活使我们对理想的虚构太写实、太缺乏浪漫气息,可是我们却从理想的虚构中获得满足和快乐。我不知道儿子是否体验到这种理想虚构中的快乐。过于物化的理想恐怕是难以给人长久的快乐的。昔日的理想一旦以某种物质形式实现时,你曾经拥有的快乐或许也已经悄然而去了。譬如夜半铃声把你从梦中惊醒,等你披衣而起慌忙不迭地抓起电话时才知道原来是一个拨错了的电话,此时的感觉绝对不是快乐。每逢这种时候,你会觉得人似乎永远生活在一个奇怪的悖论中。

有一个家喻户晓的故事:一对靠打鱼为生的夫妇,他们十分贫穷,可他们知道再怎么贫穷也绝对不能变得污秽肮脏,因而他们的生活很快乐。他们的快乐消失于渔夫打到一尾小金鱼之后,获得自由的金鱼满足了渔妇全部的欲望,本来渔妇应该比从前更快乐,可是不断膨胀的物欲和相伴而来的对物质的想象力使渔妇陷入不知餍足的痛苦中,渔妇终于因为过于膨胀的欲望又复归从前的贫穷,之后,他们就失去了从前的快乐。

故事似乎说明了这样一个事实:有时简单或简陋的生活也充满了很多快乐。当它变得过于复杂和精致后或许会失去很多生活的原味。谁敢说现代人一定比原始人更快乐?

1999 年

幸福在哪里？

"幸福在哪里？"这是一首老歌的歌名，一句大实话，一句简单得我们用一生都不能理解的真理：一生都在追求幸福，却不知道幸福在哪里。赚钱以及把钱花出去所获得的，有时似乎只是一种方便，而非幸福。比如有车与有手机，好处是能把一个人很快地从甲地运往乙地及至庚地、丙地，还能及时与很多人谈话并听取他们的意见。简言之，可以多办事，但不一定和幸福有关。坐车幸福吗？如果不论效率，未必有坐在家里的破沙发上舒服。打手机更谈不上幸福，它不是打篮球和打"双扣"，虽然有人站在马路上欣欣然以手机通话，似乎幸福。

据说外国流行这样的口号："少赚一点、少花一点、少病一点。"如果把一个人的各种欲望摊开，广告导引占三成，比如名牌之类；模仿他人占三成，比如对流行时尚的追逐和模仿；还有三成是实现童年及青少年时期未了之愿，在此，人的本能的满足只占一成，饮食男女而已。广告导引与追逐潮流所满足的只是转瞬即逝的虚荣心，证明他已经成了某种人，比如富人。

证明完了也就完了，无它。而满足童年时的愿望属于今天多吃几盘回锅肉，填充童年时某日的饥饿，满足的只是一种幻想。而本能的满足，只需一箪食、一瓢饮，一位贤惠的女人和一张床。但人们不甘于简朴，虽然简朴离真理近，离虚荣远。人竭力证明自己是重要的，于是以十分的努力去满足一分的愿望。然而这也与幸福无关。

海因里希有一篇著名的小说，一个渔夫在海边晒太阳，有游客劝他工作等等。此文为人熟知，内容我不重复了。总之，人的努力常常会使人回到原地。有时人只为温饱而工作，却没有办法为幸福而谋划。谋划的结果大多是财富的满足，离幸福仍然很远。钱有两种最基本的用途：吃饭与吃药。或者说盛年吃饭，暮年吃药。同样与幸福无关。

如同朴素离美很近那样，穷人总是很容易幸福，他们的愿望低而单纯。人在寒夜中走路，倘遇窝棚烤火，是一种幸福；把汗湿的鞋垫抽出，手脚并暖，与封侯何异；倘有一杯热茶、一碗米饭，已让人喜出望外。这样的例子太多，如避雨之乐，推重载之车幸无顶风之乐，在街头捡一张旧报纸读到精妙故事之乐，在快餐店吃饭忽闻老板宣布啤酒免费之乐。穷人太容易快乐了，因为愿望低，于是"望外"之喜多多。有钱人所以享受不到幸福，是因为此类幸福需要寒风、推车、捡报纸这些条件。穷人的幸福差不多是以温饱不逮为前提的。满足了温饱，幸福就变得悭吝了，它的阈值升高了。

因为幸福太简单，简单到我们承受不了。

1999 年

想当明星的人们

　　眼热明星的人肯定不在少数，否则明星的丰采不会在人们的视野里被大肆渲染，明星们的个人隐私也不会被炒得沸沸扬扬。狂热的崇拜者使明星成为这个时代脆弱的偶像，人们似乎并不珍惜今天的偶像，因为明天他们中的任何一个人都可能轻易地遗忘昨天的偶像而移情别恋。人们对明星的热情表现得有些朝三暮四，缺乏耐心。想当明星或许是众多追星族的一个秘而不宣的愿望，犹如想成为一名球星又绝无半点可能，只好退而求其次做一名忠实的球迷，以宣泄至今仍如阴影般盘踞在内心里的隐匿的愿望。这种心理使想当明星而不能的人群无法始终不渝地接受某个明星，于是明星们便可能在一夜辉煌之后饱尝"世态炎凉"。想当明星的人群是冲动而又喜怒无常的，面对这样的人群明星们没法不小心翼翼如履薄冰，因为说不定他们其中的一员会在某一天取代他或她的位置。人们今天的欢呼很难说不是一种对明星成功的觊觎和妒意。据某报的民意测验表明，想当明星的人高居前列，星罗棋布灯红酒绿的歌厅、夜空

行色匆匆

中经久不息的卡拉OK声恍若是想当歌星的人们的心情写照。我们无法统计有多少人是从卡拉OK厅走向歌坛的，我想肯定有。在某种程度上卡拉OK厅成了未来歌星的摇篮，极少数幸运儿从这里开始跻身歌坛成为歌星，实现昔日想当歌星的梦想。对于多数人而言大概只能无可奈何地望"星"兴叹，把郁结在心底的情结宣泄在卡拉OK厅或对明星的追逐上，在拿起话筒演唱的那一刻人们有意无意地自居为某个"天皇巨星"，从而使自己得到某种平衡。

  不知道会不会有那么一天，想当明星的人忽然蜂拥而去想当别的了，只剩下明星们在寂寞地咀嚼着往昔的辉煌。真那样的话，明星们的悲惨生活就要开始了，也说不定真正的明星就要诞生了。

1999年

卡拉永远 OK

眼下时常见诸报端的新词新句颇多。记得当初"卡拉 OK"刚流行时,我很长时间没弄懂它的含义。我一直以为是一种摆放到商店柜台里的商品,直到后来我才知道是一种唱歌的娱乐活动。此后我在报上看到有人撰文称赞这种活动雅俗共赏,末了作者在文章中欢呼"卡拉永远 OK"。此时我已历经层出不穷的新词新句的陶冶,对这一类句子早已熟视无睹了;只是细细一想这个句子和多数流行语一样其实不通。英语和汉语不讲道理地组合在一个句子里。然而似乎很少有人怀疑它的含义。人们对于流行语的态度一向较为宽容,人们似乎只关注它是否传达了一种不便言说的情绪。像多数"像雾像雨又像风"的流行歌词一样,重要的是情绪而不是歌词的内容。浅浅的温馨使我们眼下这个年代的人群和父辈们相比有明显差别,有时候你会觉得两代人其实完成了一个从崇高到世俗、从英雄到平民的转换。

我们曾经以仰望上帝般的目光注视过各式各样的经典作

品，企望用经典的光辉照亮我们卑微而平庸的灵魂，直到被经典弄得手足无措疲惫不堪时才算真正明白：我永远无法走进那些伟大的灵魂圣殿里。经典的光辉至少使我看清了自己的真实面目——一个彻头彻尾的俗人而已。此后的日子便再不敢作崇高之想，渐渐发现普天之下芸芸众生中如我这般平庸的俗人竟也不在少数。于是心安理得地甘于平庸，既然听不懂贝多芬也就不必装模作样地折磨自己也折磨别人，买些浅浅的、软软的流行曲来慰藉同样浅浅的内心世界，一时兴起也独自"卡拉OK"一回。

有朋自远方来，饭后茶余在家里"卡拉OK"一阵。都说歌厅的"卡拉"才是真正的"OK"，于是到歌厅找一个阴暗角落坐定。点歌单送去后如泥牛入海杳无音信，捺住内心焦躁上前打探，及至主持小姐操着嗲声嗲气半生不熟的国语请某先生演唱时仍在座位上呆若木鸡，待回过神弄清某先生的身份后乐曲已摇摇曳曳流失了一截。于是匆忙抢过话筒赶路般吼去，好端端一段乐曲被唱得七颠八倒章法全无，满脸羞惭悻悻退回座位时却听见主持小姐夸某先生歌喉美妙让人一饱耳福，心中更觉不是滋味。临到埋单时才知一月工资告罄，于是怀着被人宰了的感觉回家。原来"卡拉"还是在家里"OK"。

1999年

广告的诱惑

如今在我们生活中最令人无法拒绝的大概就数广告了。打开形形色色的报刊或枯坐电视机前或漫步街头,你就仿佛置身于广告的围困之中。这情形颇有点"四面楚歌"的味道。日子久了,阅读广告也成了一种乐趣。面对扑面而来的广告你仿佛伫立在一个巨大的窗口前,从窗口里流连而过的红男绿女们手舞足蹈念念有词中,你可以浏览到眼下这个经济时代绚丽多彩的风景和转瞬即逝的流行时尚,偶尔还会激发出不合实际的梦想和奢望。是否可以这样说,今天如果谁还不能理解广告,就无法理解现代社会,就像不理解屈原就无法理解后世的"屈子精神"一样。

广告的不同寻常之处在于它重新塑造了社会物质环境。它使我们的现代社会贴上了一种富于魅力的商标,比如一辆轿车成了过着"美好生活"的象征,光洁细腻的肌肤诱惑你永葆青春魅力,一瓶好酒成为人们快乐心情的写照。

在一个复杂、群体众多的社会中,广告还发挥了一系列新的媒介功能，人们可以从中获得如何比先前生活得更好的知识。在广告长期的熏陶中，人们的消费观念也会发生相应的改变。而广告的全部花招和伎俩其实就是销售，因而它反对节俭，强调挥霍，崇尚铺张炫耀，使消费者处于一种绝对的诱惑之下。广告营造出一种经济时代的文化氛围。这种氛围使我们头脑里固有的价值观念悄悄地崩溃，最终滋生出一种以消费为内核的文化价值体系。于是有了可供消费的文化，可以消费爱情、消费人生。深入人心的消费观念，使我们的物欲肆无忌惮地膨胀。令世人侧目的"黄金宴席"、都市中穿梭不息的豪华轿车令洋人们叹息不已，仿佛置身于一个流动的世界轿车博览会中。广告文化似乎弥漫了整个精神领域。

　　现代人大概无法逃离来自广告的诱惑。广告作为一种新价值观念的先导，它对人们的影响是无比巨大的，而广告的商业目的又不可能使人们变得高尚。尽管如此，大概很少有人会因此而产生废除广告的想法。正像金钱可以产生罪恶而人们却无法废除金钱一样。广告本身是无辜的。问题是如果我们提倡的价值观念与广告宣扬的观念相悖时，我们能否经受住广告富于魅力的冲击，我们又将如何抵抗广告的诱惑。

1999 年

人的悖论

很多时候你会发现人似乎置身于一个悖论之中,似乎任何一种说法都可以有另外一种截然相反的解释。古时候的庄子大概可以算是玩弄悖论的高手了,他的理论总是似是而非,既非此亦非彼,似乎让人隔着毛玻璃,隐隐约约地洞见世界的奥秘和幽赜,又似乎让人陷于混茫一片不可捉摸的境地中。我想这大概是千百年来庄子总是立于不败之地的原因。

其实最大的悖论恐怕是人自身。比如,只要是人,无论贵贱都会有一个"想头"(换一种说法是"理想"),人都是为这个想头而活着的。有了这个想头,人生似乎就成了一种明确的过程,人的价值和努力都是为了实现这个既定的"想头"。可是人似乎也因此陷入了一个走不出的"怪圈",越是想得到的越是得不到,想发财的却总是两袖清风,憧憬爱情却总是得到婚姻,一心想赌赢别人的却总是赌运不佳……往深处细细一想,人可不就是为了某个"想头"而活着?有的人终生为的只是一个位置、有的人皓首穷经为的只是一个称呼,有的人不惜生命为的

行色匆匆

只是一种虚假的承诺……对这世上很多人来说,他终生所干的事概括地看,也许干的只是一件事,他所有的行为都是某一个行为的不断重复。这样看来,对于某些"执着"或"偏执"的人,你在肃然起敬的同时,也会在心底浮起一种悲哀。一个亮亮的光点可以迷惑你、召唤你,可是当你一往情深地注视这个光点时,它的周围你是看不见的,它又造成你视野中的许多盲点。光点有时像一个"套子"套着你在它的光圈内做重复性运动。然而人终究要有一个光点来召唤,要有一个"奔头"、一个"想头";不然目光是涣散的,行为是游移的,这就有了人的"执着"或曰"偏执"。这似乎是一个悖论,人的可敬与悲哀或许由此而生。确实,对人的执着或偏执的想头常常是不好断然评判的。你能说这样就一定好,或一定不好?

1999 年

男人辛苦

先声明一点，这个题目的专利是我一个写小说的朋友的。当年他以这个题目命名的小说曾在国内几家一流刊物着实风光了一阵，后来还得了一个据说是国内含金量颇高的大奖。对于我的羡慕（嫉妒？）他毫不谦逊地照单全收，他说就这一篇的稿费比他从前一年的还高，长此下去不愁赶不上北京那个叫王朔的写作个体户。后来他下海了，我也下了海。彼此见面时不谈小说，只谈下海，只是毕竟谈资不丰因而很快就无话可说，便又感慨文人清贫，彼此心照不宣地为自己背弃小说寻找一些借口。于是又提起他当年的获奖小说，他说那篇小说所得的全部稿费为他老婆在青年路一家时装精品屋买了一件觊觎已久的名牌套装。"我风光之后轮到她风光了。"他说，"男人辛苦呵！"他感慨之后夹带着一句妇孺皆知的国骂，我于是也回应了一句国骂。在粗糙的国骂声中，两个男人心平气和地挥手告别。

当然女人们也可以轻而易举地用一千条理由证明"女人辛苦"是个绝对颠扑不破的命题。只是女人们的辛苦大都显而易见，因而她们似乎很容易获得广泛的同情和理解。而男人的辛苦似乎要隐晦得多，比如男人也有很多想哭的时候，可是你不能哭或者不能让人看见，"男儿有泪不轻弹"嘛。可这世界早已人满为患，真要找个没人的地方哭也并不容易。女人则不同，遇到不顺心的时候似乎随时随地都可以泪如雨下。虽然眼泪并不是随时随地都有效，但至少可以立马使自己的心里好受一些。

喜欢漂亮的时装几乎是所有女人们的共同嗜好。只是这种嗜好似乎越来越昂贵、周期也越来越短，若是手头拮据没法把套在模特身上的时装套在自己身上时便可把气撒在自家男人的身上："嫁了个没用的男人。"此时，男人要么佯作没听见，要么省下一个月的烟钱让自家的女人心满意足一回。

女人若有什么想做而又力有不逮的事情，她尽可以理直气壮地以性别为由心安理得地为自己找一退路；若是把事情办好了，她可以深沉一阵感慨一阵："这世界的男人都到哪里去了？"令身边的男人自惭形秽无地自容。若是换作男人就没这般便宜了，你把事情弄砸了，便会有人骂你无用，白白生着一副男人的身坯。若事情做得无可挑剔你也没机会炫耀，"男人嘛"。

时下有一句流行的广告语叫"做女人真好"。可是如果有哪个女同胞拍案而起"你来做回女人试试"，男人除了缄默之外便无以作答了。所以，尽管男人们常常在私下互道辛苦，却很少有人会生出去做变性手术当一回女人的想法。

1999 年

旅游的感觉

在一个地方或城市待久了总会生出些莫名的厌倦,如同一个人从前的爱好一旦成为一种用以谋生的职业便会渐渐失去内心的激情与冲动。大概没有一种风景是能让人真正百看不厌的,最初的冲动之后,熟视无睹也就是必然的了。"城里的想出去,城外的想进来"这句正在成为经典或已经成为经典的格言,几乎概括了人类某种不安分的特质。可事实上与人类文明进程相伴而来的种种规则使人们并不可以轻易地、随心所欲地"进"或"出",于是旅游便成了规则允许范围内的"进""出"。人们用这样的方式平衡自己因对一种景物注视得太久而厌倦的心理。走出国门到一个我们感到陌生的地方体验一下当然不坏,可是这对于囊中并不丰满的工薪族而言显得太不实际了。在闲暇时走进一座山谷或树林也是一种平衡或调节。这种方式虽然比不上走出国门体面豪华,却也有一种朴素的乐趣。从本质上说它与走出国门无异。

当你独自一人在一座静静的山谷或一片茂密的林子里时,你

行色匆匆

会觉得眼前的景物总是似曾相识。你仿佛是在寻找记忆中的某一片风景。于是你反复查阅你的记忆,像查阅一本沉重而冗长的辞书。查阅的结果是:你从未到过这个地方。因而眼前的景物是第一次涌现在你的眼前。后来的日子你始终保留着一条林中小路的印象。对于这种印象你无法准确地描述它,你只能使用不确定的词语去捕捉它。

林中的小路宁静而安详。它有些神秘地向着树林深处延伸,路上蔓延着随意的杂草,路的边界已很不清晰,小路同自然环境融成了一体。

人深入自然时,会体验到自身的逐渐消失以及由此而产生的愉悦。树林、野草、芬芳的泥路、鸟的鸣叫,紫色的草莓爬过路面,它们簇簇疯长,一缕红色渗进了雾气缭绕着的树林。当同行的人提醒你这条小路最终将抵达的地方和你脚下这片树林在地理上的称谓时,你显得有些漫不经心,你并不愿倾听或牢记它的称呼。你觉得它是高黎贡山或别的什么山,这并不重要,重要的是它赋予了你什么样的印象,或者它用什么方式深入你的心灵。因而你的游记永远令人失望,那里面缺乏明显的地理标识,只有一堆含义模糊的词语。"你去的是什么地方?"面对这样的提问,你的回答同样模糊不定。你觉得人一生中目睹过的所有的树林、小路、山谷等一切都只是一种印象,一个词语。因而旅行或旅游只是一种感受自然的方式而已。

1999 年

面包会有的

许多年过去了,可我仍然会不时想起一部曾被我们这一代人复习过很多遍的苏联影片中的一句著名的台词:"面包会有的。"在当时它几乎成了我们直面苦难的全部理由和人生哲学。当你觉得走投无路时你便会安慰自己"面包会有的"。人也就这样一步一步活到了如今这把年纪。

有一个对悲观主义者和乐观主义者的比较:悲观主义者看到杯子里剩下半杯水便说,"只有半杯水了。"乐观主义者便会说,"哈,还剩半杯水!"

其实只要静心一想,你就会发现人生值得乐观的东西并不多。比如人生过于短暂,而且难免一死。可是想通了又能怎样?没有谁想通了就去死的。你总得找个理由安慰自己好好活着。

人的终点是死,是空无,在终点找不到意义。于是我们只好说:意义在于过程。

可是,当过程也背叛我们的时候,我们又把眼光投向终点,

行色匆匆

安慰自己说:既然结局一样,何必在乎过程?

着眼于过程,人生才有幸福或痛苦可言。以死为背景,一切苦乐祸福都无所谓了。因此,当我们身在福中时,我们尽量不去想死的背景,以免败坏眼前的幸福;一旦苦难临头,我们又尽量去想死的背景,以求超脱当下的苦难。

然而,我们终究是过程中的人,除了过程一无所有,我们不能不执着于过程,否则人如何还能正常地生活,世上还怎会有健康、勇敢和幸福?

找一个借口或理由使自己内心始终充满一种遥远的温馨、一种期盼和憧憬,这是一种境界。因此当你面临不幸或灾祸时,不妨对自己说一声"面包会有的"。

1999 年

生活在电视里

捷克作家米兰·昆德拉写过一本书叫《生活在别处》，套用他的书名我们大概可以说"生活在电视里"。

以前，一个不识字或粗通文字的人很难知道外面广阔的世界，世界的事件哪怕是地区的事件也只为少数人所了解，大多数人是与世隔绝的。电视打通了家庭和世界，它像一扇窗，只要一推开，整个世界就呈现在眼前。世界的这种入侵既改变了人们原先狭小的视野，同时也由于过多的消息的输入使人们本来可能平稳的心态被淹没在一种变幻多端的世界潮流里。

我那上小学学习成绩并不理想的淘气儿子时常拿百慕大三角、沼泽和丛林、恐龙和蓝鲸之类的问题来烦我，他平时很少离开这个城市，至多在城边的田野里偶尔见过几次耕牛或山羊，可是他知道的世界景观绝对是我在他这个年龄时的几倍。他除了学校布置的作业之外很少接触文字，余下的时间都泡在电视机前。他和我共享电视屏幕中的世界，绝没有成人和儿童之分。我真不知道该如何解答他经常提出的疑问，因为有许多疑问已经远远超出他的小学课程。作为在电视机前成长起来的一代，他们对世界的看法是什么样子呢？儿子听说我们小时候没有电视看，他非常同情我的童年，因为没有电视机实在太可怜了。现在，他通过电视了解了许多零碎的知识，也增加了许多有益的见闻。不过，他与世界的关系是更接近还是更疏远了呢？他总提出比他年龄大得多的问题，而应当在他这个年纪熟悉的事他往往会一无所知。因为有了电视，很多时候他显得早熟，却缺乏行动能力。坐在电视机前实在是太舒服了。对电视屏幕上出现的真实世界和虚构世界他都一样接受，将来他如何区分这两者？也许他迟早会知道什么是神话，什么是科学幻想，什么是这个世界发生的真实事件，但是关于这个世界的多种解释，他如何分辨出其中的神话意味、幻想因素和形形色色的谎言呢？电视也许会帮助他学会辨别，也许会向他提供更多的杂乱的彼此矛盾的信息。在这样一个世界的包围中，他们又将如何去生活、去和现实协调关系、去形成自己的理想？

1999 年

有钱与有文化

有钱与有文化孰优孰劣？如今最令我辈困惑不已的就数这样的提问了。如果莎士比亚能活到今天，说不定也会把他那句著名的问句改成："究竟是有钱，还是有文化？这是一个值得考虑的问题。"生与死这类纯属精神范畴的问题在时下这个严重物化的社会里已经显得有些滑稽了。其实对这个问题最完满的回答应该是"既有……又有……"，可是假若二者像鱼和熊掌不可兼得的话，这样的选择就有些令人踌躇了。

有钱人大概会选择文化，有一个电视剧里的款爷曾深恶痛绝地咒骂钱是"王八蛋"。对于清贫的文人们却是朝思暮想着让这王八蛋来光顾一下，只是这王八蛋似乎看不起文人。

缺少文化似乎难以得到真正的尊重，款爷们经常遭遇也是最不爱听的就是"不就有几个臭钱吗？"话语里明显流露出令人难以接受的轻蔑。腰缠万贯而又缺少文化的人们不惜重金把自己的子女送进贵族学校，这行为似乎在说明他们内心里的遗憾。征婚栏目里众多急于求偶的人们似乎都喜欢标榜自己"爱好文学"。这事实令文人多少有点受鼓舞,可见文化也还有值得骄傲的时候。只是文人的窃喜可怜而短暂,聪明的款爷们用一掷千金的派头使手头拮据的文人噤若寒蝉叹息不迭。哗哗作响的银圆似乎轻而易举地粉碎了文人的自尊。既然你瞧我不起,我也让你没法维持自尊。如今这世道是有钱能使文人推磨。文人推磨已构成当今一大社会风景。有钱的和有文化的彼此心照不宣地结为同盟,各取所需。

在物欲横流的世界,囊中羞涩似乎也难以维持自我尊严,面对高涨的物价空有一身文化是硬气不起来的。尽管文人慰藉自我的方式和理由很多,他可以使自己的精神遨游于金钱之上。为了守住自己的精神家园而与"孔方兄"擦肩而过、不为所动的人也并非没有,可是无论怎样还是让人有种无可奈何的精神胜利之感。

其实,有钱和有文化两者并不矛盾。有钱未必就缺文化,有文化未必就一定会贫困。人为地将两者对立起来,让人一定要陷入鱼和熊掌的困惑中,这似乎多少说明了社会发展的不均衡和由此带来的观念上的偏执。倘若普天之下都能鱼和熊掌兼而有之,款爷们无须用银圆掩饰自己的另一种贫困,文人也不必故作清高或为五斗米折腰,"大哥大"除了实用之外再无别的含义……那么,你再也不会遭遇到有钱和有文化孰好这类问题的困扰,也不再为鱼和熊掌的选择踌躇。这样多好,多清静。咱们难道不该努力争取一下吗?

1999 年

俗家之乐

儿时玩过一把戏,让同伴们看天上的飞机,同伴们仰起头努力寻找着蓝天丽日中被我渲染得栩栩如生的飞机。远处的天空湛蓝一片并不见一丝飞机的踪影,有人开始怀疑飞机的存在了。我于是说道,谁看不到谁肯定是憨包,于是所有在场的人都说看到了,千真万确。并不存在的飞机在我们添油加醋无中生有的刻画中呈现出似乎无可怀疑的真实,这情景很像一个外国作家写的已经家喻户晓的故事。

真相的披露是在很多年后的一次往事的回忆中。那时谁敢承认自己是异类呢?那时我们内心里随时随地澎湃着貌似崇高的冲动与激情,优雅斯文的举止、谈吐掩盖了内心的世俗的欲望。时间帮助我们修正了对自己的看法——一介生存于世俗空间中的俗人而已。年龄与阅历的积累,我们开始心安理得、无怨无憾地享受着俗家之乐了。

喝酒划拳,耳酣面热中自我膨胀一回伟大一回,酒醒后又恢复俗人真面目,只是留下些笑柄让人时时取笑。

行色匆匆

几俗人凑在一起，绝口不提托尔斯泰、马克思，开一通粗俗不堪的玩笑，被鲁迅当年斥之为"国骂"之声不绝于耳。之后作鸟兽散，仍恋恋不舍相互邀约下次小聚再享受一番俗人之乐。

休闲时光，一干人全副武装来到一景色宜人的鱼塘边，准备尽情享受垂钓之乐。池塘里的鱼似乎识破我等俗人的阴谋，久久不肯上钩，精心制作的鱼饵竟然无鱼问津。耐不住寂寞之后索性借来渔网将其一网打尽。各自脸上污泥斑驳，相视大笑，痛快痛快。此俗家乐之极也。

有朋自远方来，闻讯赶去在其装修豪华的客厅里畅叙别情。其间客厅里弥漫着舒缓曼妙的音乐。正值口渴，朋友用雀巢咖啡款待，先用咖啡壶将咖啡融化其中加入方糖，然后倾入小巧玲珑的小杯中。一饮而尽之后便觉杯盏太小，连饮数杯仍不解渴，便将嘴凑近水龙头下喝它个酣畅淋漓。朋友此刻真相毕露，真他妈俗人也。

欣赏摇滚音乐，旁人介绍有重金属风格，木质感云云，侧耳聆听仍不知所云，仿佛置身于一废品收购站，到处都是破铜烂铁之声，便说还是"洪湖水啊，浪呀吗浪打浪呀"好听，旁人大笑，自知失言只得讪讪说道，"吾本俗人耳"。

打开电视，有人用意大利语高亢嘹亮地歌唱。妻不爱听，我笑她不识货。遭她一白眼，你真懂吗？别充高雅了。仔细一想，我也是真不懂。还不如"爱有几分能说清楚"更令我润心润肺。

看大师名著《尤利西斯》，无论怎样耐着性子却仍然掩卷长睡，日后一看题目便觉浑身倦意困顿不堪，从地摊买来小报却读得废寝忘食茶饭不思，于是自责曰："吾俗人也。"

突然爱看时装表演,边看边对人介绍何谓古典意味,如何又是现代风格,田园风格又是怎样亲切宜人。自己心里清楚,醉翁之意不在新潮服装,而在台上穿梭不息亭亭玉立之美人也。自己也不明白,崇高了许多年,怎地突然就堕落得一塌糊涂了呢?

儿时的把戏,如今连儿子也骗不了了。真不知进步乎倒退乎哀乎喜乎?

1999 年

幸福种种

在我们所拥有的词汇中"幸福"或许是最为混沌不清的词语，因为它几乎没有统一而确定的解释。各人的际遇、年龄及识字的多少，使我们对这个在很小的时候就认识的词的理解变得千差万别没法统一。

很多年前我曾和一个年纪比我大得多的人在宁静的乡村散步，他抚摸着刚吃饱的肚皮望着暗红的落日说，"尼克松总统过一天，我不也过了一天吗"。他的想法使我们在那个寂静的黄昏里体会到一种从未有过的幸福感。后来的日子里我曾经嘲笑过他对幸福的肤浅的理解。他说幸福不是一个无法破译的谜，但一万个人肯定有一万个谜底。

幸福有无数种，但是如果你拿别人的幸福人生做范本去实践，或许会最终谋杀了自己的幸福或幸福的体验。

如果自己把自己说服了，自己把自己感动了，或者自己把自己征服了，你或许就能体会到幸福了。

一个什么都有什么都让人羡慕的人，不一定就幸福，一个一无所有什么都不起眼的人，不定就不幸福。人的幸福感似乎不是清贫所能剥夺的，而富有的人似乎也并不会内心永远澎湃着幸福感。

大权在握的人似乎很幸福，然而，背后很可能隐藏着身不由己和人格的牺牲。一个昔日的商界巨子，一个被挤下台的政界高手恐怕很难体验到幸福感。往昔的辉煌与落魄的现实使他们远离幸福的体验。

幸福似乎也与成功无关，成功者的内心往往是孤独的，孤独难有幸福的空间。最不幸福的人可能是那些终日惶惶不安的人，迷失在自己制造的种种需求中的人。幸福不是去期盼我们没有的东西，而是尽情地享受我们现在的"所有"。那些在庙里敲钟，却时刻惦记着外出化缘的自由，外出化缘又渴望庙里的清静的人是难有幸福感的。

仔细想想，幸福其实是一种经历、一种悟性、一种心境、一种感觉、一段偶然愉悦的时光、一种生活的从容与自信。它可能就在阳光灿烂的早晨，在冬日的午后，在等待孩子退烧时，在夫妻晚上相对默默的静坐中，在上班或是下班的途中。一个人如果在这些场合找不到幸福，那么他即便浪迹天涯恐怕也是找不到了。因为幸福在多数时候是朴素而简单的，它悄悄地来临又匆匆逝去。

真正的幸福很可能就是摸着填饱的肚皮望着落山的太阳，"尼克松总统过一天，我不也过了一天吗"。

1999 年

致中国男足

　　我的足球胃口是被中国男足们一次又一次的失利败坏了的。我们这一代人谁没为中国足球呐喊过？谁没有一桩桩记忆犹新的足球往事？那年中国4：0大胜西亚劲旅沙特后，我和几个乡村的同事们像庆祝节日一样喝掉了几瓶老白干。后来我们才从报纸上知道北大学生那一晚在校园里游行烧掉了几百支拖把。可是没过几天又传来消息，中国队居然被临时拼凑的香港队淘汰出局。教头曾雪麟在人们的愤怒中流落他乡，因为当时人们坚信只要换了教练中国队就能走向世界与南美桑巴在绿茵场上切磋武艺。可是后来的事实使我们开始明白，我们对中国足球的期望值太高，于是国人把标准降低到暂且冲出亚洲再从长计议。教练换了不知多少，中国教头不行就重金聘请洋教头，是足球的体制不行，便学洋人走职业化道路。二十年弹指一挥间，足球药方换了无数。当年风华正茂的我们已然老矣，可是中国男足愣是不争气，连个到世界杯观摩学习的机会也没争取到。

　　如今在足球场上奔跑的已是我们的孩儿们了。他们除了腰包里的钱比他们的父辈充裕得多,派头也足得多,还有一些被宠坏了的毛病之外,似乎看不出比他们的父辈们更优秀的地方,对足球的追求也一降再降到出线即可。可这些孩儿们却连这个目标也实现不了,还在国门之内搞窝里斗。眼睁睁地看着二十世纪就没几天了,有球迷急了,打出横标"擦干心中的血和泪,总有一天会出线",满纸辛酸唯天可鉴。

好在我是早就不看足球了,如今上岗下岗、子女读书,烦心的事多了,谁还顾得上管这不能当饭吃的足球。特别是当20世纪最后一次"出线"的机会化为泡影之后,像我这样的人似乎都获得了一种超然的心态。人类的才能,在各领域内并非都是均匀的。中国永远不会有足球天才,一如南美永远不会有老子的智慧和王羲之的墨迹。中国人可能不适合踢足球。当然中国有一流的球迷和一流的足球评论家,因为中国人的头脑是一流的。

就在我们已经开始淡忘了足球,把目光转向了其他能让我们兴奋的地方(这个五光十色的世界常常让我们感到目不暇接)。然而在仍有一些有点使命感的男足运动员为不能出线而黯然神伤时,女足却悄然跻身世界最优秀的球队之列,在大洋彼岸向世界证明了足球天才并不只是诞生于南美或者欧洲。在观看女足精湛的脚法和酣畅淋漓极具观赏性的进攻时,心情最为复杂的肯定是足球场上的男人们。令人不解的是女足所表现出的对足球的理解和天赋居然比男足要高出许多。而足球一贯被认为是男人的运动。套用一句足球节目主持人的话,女足是用才气和头脑踢球,而男足则是用蛮力和大腿踢球。让女人教会男人一项原本属于男人的运动,这肯定会让五大三粗的男人们的自

行色匆匆

尊心受伤的,可是这却是不得不承认的事实。男足可以找出一千种理由为自己不能出线辩护(其实他们早就这样做了)。应该说女足的理由更为充分,然而她们没去寻找任何理由为自己可能的失败推托。她们没有洋教练的调教,没有"甲A联赛",没有高额的奖金。她们在寂寞中成长,在寂寞中登上了世界杯亚军的领奖台(其实她们是真正的冠军)。看来中国男足应该从自己身上找找原因。他们什么都不缺,缺少的只是女足的灵魂和精神。但愿女足的胜利能让绿茵场上的爷们清醒一些。不要让女人永远骄傲,男人永远心痛。

1998 年

杂感三题

一

郑板桥同志在何单位上班，家居何处我记不甚清楚，只知道他是画画的，都说他的一幅画可以换一辆轿车。至于他是什么时候送我的画，我想应该在饭桌上是不会错的，这些年我在饭桌上奉陪过无数英雄豪杰，其中当然会有郑板桥同志。只是觥筹交错、酒酣耳热，我实在记不清郑板桥同志的模样了。他肯定给了我名片，只是我一时找不到了。郑板桥同志出于友情在酒桌上挥毫作画我倒是记得很清楚。当然他也可能有求于我，诸如调动啊升迁啊。不过我虽然收下了他的画，可是友情归友情，原则归原则嘛。

一生憎恶权贵的郑板桥肯定想不到，他居然会有一个小他几百岁的西装革履的朋友。

二

猫喜欢食腥,一如人的种种与生俱来的欲望。只要一息尚存那东西就免不了。连孔子这样的大圣人也说"食色,性也",这是一句名言也是一句大实话。可见连孔子也不敢和天性作对。如果猫经过宣传教育或思想改造便可以不再食腥,那是笑话。这种寄希望于自我约束和道德完善的做法,只可能使猫表面上对食腥的恶习深恶痛绝甚至痛哭流涕向人们宣布从此与食腥一刀两断,暗地里仍然干着食腥的勾当。因为是猫,而猫没有不食腥的。无论怎样地苦口婆心、动之以情晓之以理还是严令禁止都是靠不住的。办法只有一个:让食腥的猫食腥而不能。

三

受骗与施骗是每一个人都非常熟悉的人生之课。没有不被骗过的,也没有从不骗人的,不管他读过大学还是目不识丁。区别只在于闻道有先后,术业有精拙而已。受骗与施骗永远是一对携手共进的伙伴,随着施骗者技艺的进步,受骗者的革命警惕性与对施骗者的识别能力也随之而进步。魔高一尺,道高一丈。魔再高一尺,道亦再高一丈。当然也有个别不求上进者,上当受骗的经验教训总是不能使他变得聪明起来,或者骗术拙劣但仍有勇气骗人者。前者容易沦为人云亦云者,如法轮功者;后者或许只能改行或者到哪里深造一下,因为他居然愚蠢地认为,牛吹得再大也有人信。

1999 年

医疗保险 ≠ "盼盼防盗门"

　　生老病死，是所有的生命都逃脱不了的渊薮。不论这个生命是显赫的，还是卑微的。在这一点上，上帝是绝对公正的。细致考查起来，人的一生频繁遭遇的恐怕还是"病"。至于其他不可能遭遇太多，尤其是"死"。"死而复生"只是一种比喻，与事实无关。死了就完蛋了，怎么可能复生呢。然而，病就不一样了，它几乎伴随人的一生。它随时随地提醒着人们，生命是脆弱的。一次偶然的生病可能会使你的生命土崩瓦解。于是就诞生了医学，于是就有了医院和医生。

　　医院的出现使人们对生病不再像早期人类那样谈虎色变。只要不是什么大病，医生总是会有办法的。除了学校之外，人们交道打得最多的，恐怕就数医院了。人们像熟悉自己的身体那样熟悉医院。每一个大病初愈的人，总是会对医院和医生心存感激。可是医院不可能无偿地为所有的人提供服务，医生也和所有的人一样，要养家糊口，要为子女缴学费。于是就出现这样的问题，病不能不治，钱也不能不缴。别的可以省，治病的

行色匆匆

钱却是万万省不得的。命比钱重要,这是一个不需要思考的问题。在社会经济还没有发达到为每一个人无偿提供医疗服务时,看病不要钱还只能是一种美好的理想。

据报道,中国各地医院的收费,已经可以和西方发达国家持平,而我们的人均收入却实在不好意思和人家比。因而我觉得我们的国人似乎比那些发达国家的人更热爱健康(比如充斥媒体的保健品广告)。这种热爱健康,是否可以反过来理解就是——害怕生病。因为庞大的医疗费用很可能使你一生的积累,在一次大病中化为乌有。

医疗保险政策的出台当然与此有关。只是庞大的人口基数使得这个利国利民的举措难免会有一些捉襟见肘、不够完善的地方。当然这与人们的期待值过高也不无关系。人们期望它像"盼盼防盗门"那样保险。当看到它并不像期待的那样"保险"时,就难免有些抱怨。但是有一点是可以确信的,那就是医疗保险体制永远不可能像盼盼防盗门那样坚固。

1998 年

"3·15"——"上帝"们的节日

消费者们大概只有在这一天才能找到一点"上帝"的感觉。苦大仇深被称为"上帝"的人们,可以在这个节日里尽情地倾倒在肚子里积攒了一年的苦水。如同那些节俭了一年的穷人,只有在节日里可以大大地铺张浪费一下,然后怀着对节日盛宴的回想,延续着依然简朴的日子。假货依然是每一个"上帝"随时可能遭遇的东西,而且没法避让。真正的上帝绝不会有如此紧张、战战兢兢的心态。将消费者喻为"上帝"实在有点滑稽。谁愿意做一个终日被假货弄得狼狈不堪的上帝呢?

滥觞于店铺的假货,使看上去琳琅满目的柜台犹如一个华丽的骗局。媒体连篇累牍的关于鉴别商品真伪的文章,并不能使"上帝"们免遭上当。套用一句老电影里的话:"不是我们无能,而是共军太狡猾。"王海之类的无业游民于是成了我们这个时代的"英雄"。廉价的假货使钱袋不丰的"上帝"们照样可以找到穿名牌的感觉。制假与售假在某种意义上成了贫穷的借口之后,它的繁荣几乎就是不可避免的了。面对泛滥的假冒伪劣商品,单靠一部纸上的法律和有限的"打假"机构,显然并不足以遏制假货横行。

假冒伪劣商品其实和我们每个人息息相关。尽管我们对假冒伪劣商品深恶痛绝,可是我们谁没有买过盗版书籍和盗版光盘呢?而且是在我们确知盗版的情况下。除了假药和其他危及生命健康的假货之外,在很多情况下我们并不拒绝假货;因为它可以大大降低我们的支出。我们的容忍使得假货市场屡禁不止绵延不绝。

如果什么时候,王海之类的无业游民不再成为英雄,打假行动不再是刮风似的运动,那么,我们或许就不再需要"3·15"这样的"节日"。"上帝"们没必要到这一天来倒苦水。天天吃肉,谁还会盼望过节?

1998 年

另一种荒凉

我是在小城里长大的,这使我很长时间里无法为自己定位,在乡下人眼中我是城里人,而在真正的城里人的眼里我又是个乡下人。因而我始终不敢理直气壮或底气十足地承认自己是城里人或乡下人。不过那时候我生长的小城和乡村并无太大差别,一律显得荒凉与寥落。差别只在于房屋数量的多少和道路是石头铺砌的还是土路。在我生长的小城,城里人和乡下人的界线是模糊而难以确定的,街道的尽头就是"乡下",房子密集的地方就是"城里"。放学后扔下书包就往"乡下"跑,因为那里有绵延不绝的田坝和野草丰茂的山坡。吃饭时才回到"城里",因为家住在"城里"。"城""乡"之间只隔一片田坝。在当时的学校里有许多与我隔田相望的同学。我们频繁地往来于各自的家,他们的家与我们的家显而易见的差别是他们有菜园而我们没有菜园。他们的院子比我们的大,当然没有我们的干净。他们家长的衣着不如我们的家长整洁干净。(这是当时我对拿工资的和种田的最直接的印象)可是他们父母比我们的父母和蔼可亲得多。因而大多数时间里我总是喜欢待在乡下。很可能是这段经历使我终生都对乡村怀有一种亲近感。

如今眼见着我从前居住的小城渐渐地繁华起来，夜晚灯红酒绿的街道与川流不息的车辆令人仿佛置身于真正的城市中。伫立在以"单元"论的高楼，无论如何也看不到当年被我们称作"乡下"的田坝。滋养过我的童年的乡村似乎变得遥远了。它要么荒凉依旧要么呈现出从前我眼中的小城的景象。我的许多从前的乡下朋友们早已变成了城里人，像城里人一样干净、文明、讲礼貌，但流于虚伪。如今的世界比我们当年的田坝和长满野草的山坡丰富多了，也斯文多了。在闪烁不定缺乏真实感的舞厅里人们彬彬有礼地交谈或翩翩起舞。下了班便躺在沙发里，守着电视疲惫不堪地看着电视里的角色们情动天地，可歌可泣，竟如同木头般无动于衷。突然觉得世界变得很小，它甚至没有一片供我们打滚和撒野的地方，像小时候的那片朴素而荒凉的山坡。人其实并不需要很多，有时一片小小的野草丛生的山坡就足够了。于是便开始怀念童年时只需一阵小跑就可以到达的"乡下"。怀念那些朴素而粗俗的日子。

与外部世界的色彩纷呈艳丽无比迥然有异的是我们内心的荒凉，不断膨胀的物欲使我们失去了许多本不该失去的东西。昔日的田野草坝已被度假村之类弄得华丽无比，曾经存在于往事中的诗意早已荡然无存，它甚至为我们的儿辈培育出一种城里人的莫名其妙的优越感。他们已经习惯了被包装后的自然。曾经陪伴过我们童年的朴实而荒凉的田坝和草坡是不会吸引他们的注意力的。久而久之，城里人和乡下人的价值观和人生追求便大大拉开了。城里人和乡下人也开始有了明显的差异。

事实上，这些差异是经济条件、地理条件造成的，在人的本性上并没什么两样。都有悲天悯人的爱心，也都有嫉贤妒能的心理；都有天使，也都有恶魔。况且城里和乡下并非一个万古不变的界限，经济的发达、文明的进步会叫它越来越模糊不清。而身在其中的人，更是时时有流动的变数。

我们自然不会天真地希望历史回复到从前的荒凉和物质匮乏的时代，可是物质的繁荣并没有使我们的内心也获得相应的富有，相反我们似乎陷入了更为深刻的孤独中。真诚难觅，这不是个别人的感慨。如今我们似乎到处都有朋友，可是真的需要对一个人倾心相诉时你却不知道该去找谁。商场里琳琅满目，可是你却没法知道哪是真的哪是假的。你不知道人的精神会不会像日益恶化的环境一样也在经历着水土流失。令人没法不感到困惑的是，这种繁花似锦的表象会不会掩盖着某种荒凉。谁会愿意生存在一个被人工装饰得诗意盎然的沙漠之中呢？

2000 年

消失的"永恒"

在从前的诗人的辞典里,"永恒"是一个使用频率很高的词。那个时代的诗人似乎喜欢追逐永恒的事物。在海子的诗里,"永恒"是一个随处都可以感受到的意象。那个时代的人喜欢用"永恒"这个词去讴歌被普遍认为是亘古不变的事物,如河流、大地、天空、故乡、爱情。现在"永恒"这个词正在从我们的辞典中淡出。网络、媒体、手机短信里你再也看不到这个词,网络热词、年度锐词充斥着我们目光所及的所有读物。

我们的世界似乎已经感受不到永恒存在的东西,大部分用品都是一次性的——包装袋、食品盒、一次性打火机、一次性注射器,因换代而淘汰的废弃的电脑、手机,昙花一现的各类时装在短暂的流行中销声匿迹。我们居住的城市也仿佛是变动不居的舞台背景,日新月异、变幻不定。甚至我们居住的房屋也不知道什么时候就面临拆迁,即使不拆迁它也只有70年使用期限。一个长命百岁的人将亲眼看见他唯一的恒产——房屋,在他生命结束之前消失。据统计,我们现在的建筑平均寿命只有20

年，从前所谓的"祖业""祖产"已经成为一个历史词汇。每一次目睹一个我所熟悉的村庄或街区在机械的轰鸣声中坍塌，渐渐消逝时，我总会有一种为我的一个亲人送行的感觉。我这种感觉和经历不会是我一人独有，应该是我们这个时代的"集体记忆"。我不知道，我们今天是否还会像古人那样给我们的后人留下如故宫、筇竹寺那样的遗产。在一个泡沫飞舞的时代，一切都是稍纵即逝的。真的像俄国诗人普希金说的，"一切都是瞬息"。

我不知道哪里还有所谓永恒的东西？故乡、大地、河流、天空、爱情，它们依然永恒吗？我怀疑。

所谓永恒的故乡早已面目全非。故乡只能在泛黄的老照片里、在上了年纪的人的记忆里、在古代诗歌里才能找到。大地也已满目疮痍，遍体鳞伤，河流也已经干涸混浊不堪，古代无数哲人仰望的星空也肯定不是当年的星空了，无数人造卫星在天空横冲直撞，遮天蔽日的雾霾哪里还有星空的影子。所谓海枯石烂至死不渝的爱情只是一个传说。

我们不知道明天会发生什么，车祸、生病，还是灾难？"活好每一天"就成为当下最无可辩驳的真理。在这种"真理"的指导下我们仿佛末世一般争分夺秒，在一夜之间可以让一片废墟变成一个美丽的花园，转眼之间让荒山变成一座城市。西方有一句名言"罗马不是一天建成的"，其实我们今天真的可以在一天建成一座罗马城。进步乎，倒退乎？喜耶，悲耶？我不知道。我曾经在一个凋敝的村落里一间即将倾颓的民居看见过一组雕花门窗，其做工精致，你仍可以感受到这个当年的乡村手

行色匆匆

艺人在制作这件作品时的耐心和一丝不苟。现在还有这样的手艺人吗？我真的很怀念从前那些手艺人的从容不迫，因为他们知道这是一个即使在他们死后还会存在很多年的东西，他要对子孙负责，对他死后的名声负责。今天的众多"遗址"其实都是这样留下来的。我想说的是，我们今天所建造的一切有哪些是可以成为未来的"遗址"。一个不再会产生遗址的时代是令人悲哀的。

在"永恒"一词消失后，取而代之的就是"速朽"一词。这不是简单的一个词的消失或者另一个词的诞生，它其实意味着我们从此放弃或者选择一种哲学和对待世界的态度。当你选择后你的生活从此就被改变了。在"永恒"这个词没有像今天这样被遗弃前，人们对待事物的态度是尊重的、谨慎的，无论是器物、友情还是别的什么，因为它会跟随你很多年甚至永远。你肯定会小心呵护，倍加珍视。如果它是易逝的、速朽的，你的态度肯定大不一样。

也许，从来就没有过所谓绝对的"永恒"，渴望永恒的人注定是悲壮的。"及时娱乐"是这个时代甚嚣尘上的真理。但是如果我们内心还保留着一些稳定的、不会轻易改变的东西，这个世界才会让我们觉得踏实可靠。

2015 年

尊重河流

在高原，河流是一个可以让人的想象力自由飞翔的地方，在群山之间蜿蜒的河流犹如完成一次漫长而目的并不明确的旅程。如果你仔细考察一条河流的一生，你会发现河流的经历中充满了悬念和未知。等待它的可能是一次猝不及防的拐弯，一面陡峭的悬崖，或者是一个平缓而舒展的坝子。这是河流没法改变和预测的宿命。无论遭遇什么，它的命运都将被改变，任何一条河流都无法抗拒这样的改变。河流曲折蜿蜒的躯体就是无数次被改变的结果。在云南高原上尤其如此。这使河流成为高原上最变动不居、最自由也是最富于宿命色彩的事物。我不知道，河流在流动的时候，会不会也像人类那样思考自己从哪里来，到哪里去这样永远不会有结果的问题。当然它也许什么都不去想，流到哪里，哪里就是它最终的归宿。

当然被改变的不仅仅是河流，在河流被改变的同时，河流也在改变着所有它经过的地方。而河流也就在无数次改变中逐渐壮大和咆哮起来。我曾在一篇散文里把河流比喻为"一把柔软的犁"。怒江、澜沧江、金沙江无疑都是从世界高处而来的巨大的犁，它们努力的结果是，云南高原上出现了著名的澜沧江峡谷、怒江峡谷、金沙江峡谷，还有众多不太著名的峡谷。说起来它们其实都是河流的"作品"。世界在改变着河流的面目，同时河流也在改变着世界的面目。高原上只要有河流存在的地方，这个地方的面貌就不可能一成不变，它的被改变是迟早的事。谁也无法预测一片在河水经过或冲刷的地方最终会是什么样子。除非在河流消失之后，大地、山峰才会在时间中"凝固"起来，成为"亘古"一词中所指的那样。

如果说一座山脉对于生长其中的动物或植物而言，它具有"家园""故乡"的意义，那么对于河流，它可能只是"孕育""发源""起始"的意义。从它们在一座山脉诞生之后，它们就宿命般地奔向远方，奔向大海。它们不会像植物那样永远在"原在"之地生长繁衍；也不像动物那样永远在"故乡"的大地上漫游。它们一旦离开就绝不再回来。犹如人永远不会重新回到母亲的子宫里一样。那只是它们"胚胎着床"的地方。因而，在山的世界里，河流是最变动不居、最为叛逆的成员。除非它成为一个湖泊，否则它不会永远固定在大地上的一个点上。

观察一条河流的开始是一件非常有意思的事情。它使我明白了一些我小学时代就接受过的教诲，比如"积水成渊"。它使我学会尊重任何一种看上去很渺小的事物，哪怕一滴小小的水滴，谁知道它是不是一条未来河流的"胚胎"呢。每次我站在高黎贡山西侧的龙川江（伊洛瓦底江上游）边时，我坚信这条亚洲著名的大江，它的胚胎时期只是高黎贡山一片树叶上落下的水滴。当它以水滴的形式落到大地上时，它作为一条河流的历程就已经开始了。

人类很多时候是在接受着河流的教育。用"母亲"一词来比喻河流，曾经是被我们的教科书里用滥了的比喻。河流像母亲一样养育着人类，可是在很多时候，我们并不是一个河流的好学生，我们不再像从前的人类那样尊重河流，像尊重母亲那样尊重河流。这些年我们目睹了无数被人类伤害的河流，澜沧江、怒江、金沙江，很多养育过我们祖先的河流，如今大都满目疮痍，遍体鳞伤。河面上永远充斥着来自于人类的污浊不堪的东西。我不知道，曾经像母亲一样倍受尊重的河流，为何突然变得备受漠视，从前那些四处传唱的歌唱河流的歌声为什么突然就听不见了呢？

在云南高原"逐水而居"曾是高原土著民族的生存选择，河流与一个民族的历史、繁衍、生活密不可分。在部落时代的史诗里，河流是永远被歌颂和赞美的对象。"养育""母亲"是他们赞美河流时使用得最多的语词。我曾在高黎贡山的槟榔江边傈僳族村寨里目睹了一场盛大的祭祀活动，不远处的槟榔江的涛声犹如背景音乐一般，随着祭祀活动而跌宕起伏。我发现河流的声音与他们此刻的吟唱有某种相似之处。在这里人与河流的关系是如此的和谐与亲密。槟榔江是高黎贡山一条异常美丽而清澈的河流，那些屹立在江中的巨石，被江水"塑造"成一片片繁复而硕大的"花瓣"，犹如一群在急流中"盛开"的莲花。当地的傈僳族叫它"莲花石"。夏季的时候，莲花石下面会有很多赤身裸体的人，人们相信，在这样的地方洗浴是吉祥的。

在湍急的江流中有"盛开"的莲花，这种非凡的风景，只有在传说中的仙境才会出现。因而，它被当地民间赋予很多传说也是必然的。

那天我们沿着河流来到这个盛开着"莲花石"的地方，我看到每一块"莲花石"的身后都会呈现出一洼平静的水塘，这与在石头群中愤怒的江水有着很大的反差。槟榔江并不像我在远处看到的那样，只有涛声震耳的江水与岩石间的战争。一个人坐在江边一片宁静的水域中洗浴，看着江水从岩石上呼啸而过，这是一种很独特的体验，像一个"局外人"那样目光超然地看着发生在身旁的"战争"。水流其实只在莲花石的下部咆哮，当它漫到莲花石的上部时，已经转变为一种"抚摸"了。我找不到恰当的词来描述此时的洗浴，江中"盛开"的莲花石、白色的湍流、两岸茂密的森林，这种环境与我想象中的"仙境""瑶池"一类的词更为接近，因而更像是接受某种"洗礼"。那天，我们赤身裸体地屹立在"莲花石"之上，犹如半人半神一般。

现在，上游的电站使这条美丽的河流几近干涸，昔日的莲花石犹如被风干的尸体面目狰狞地陈列在干涸的河床中。这条从前山谷中涛声震耳的河流已经"失语"，它只能在雨季的时候发出咆哮之声。它曾经在一次夏季的咆哮中吞噬了下游一座小型电站，十多名电站工人下落不明，这条曾经与人类亲近无比的河流，开始用一种暴戾的方式向人类对它的漠视进行报复。

2010年夏季这类消息此起彼伏，甘肃舟曲泥石流、怒江贡山泥石流、保山市隆阳区瓦房泥石流，国内媒体的头条标题几乎被这类消息占据。媒体的说法是"生态灾难"。我更愿意将它称为"人类与河流的战争"。我不知道,人类与河流是什么时候"宣战"的?人类与河流的关系为何会变得如此的紧张?为什么我们不能像从前那样尊重河流,与河流亲密无间呢?

一个不尊重河流的民族,是不值得尊重的。眼下值得我们认真思考的是——重新向我们的祖先学习如何尊重河流,如何做河流的学生。

2014 年

用文学挽留已经消失或
即将消失的家园

在我写下这个标题时，我心里多少有点无奈，这些年我们目睹了太多村庄的消失，那些我们曾经生长其间，并滋养过我们童年甚至至今仍然让我们的心灵可以栖息、驻足的地方，转瞬之间就被现代城市的楼群所覆盖。每一次目睹一个我所熟悉的村庄或街区在机械的轰鸣声中坍塌，渐渐消逝时，我总会有一种为我的亲人送行的感觉。我想，这种感觉和经历不会是我一人独有，应该是我们这个时代的"集体记忆"。

在那些热衷于"日新月异"的人的眼里，旧时代的一切都与"落后""保守"有关。在"文革"结束三十多年之后，"砸碎旧世界，建立新世界"的思维仍然阴魂不散。当然，在一个经济高速发展的时代，这种建设性的破坏行为，还有着更为复杂的社会与经济原因。

我生长的城市——保山，是云南开发较早的地区之一，西汉于元封二年（公元前 109 年）在保山置不韦县，迄今已有两千多年的历史。后设永昌郡,为当时的南方丝绸之路(史称:蜀身毒道)上最后一个商业城市和商品集散地。境内各种文化遗址密布,如不韦县遗址、汉营城址(国家文物保护单位)、金鸡村四方街及古戏台、太保山东麓的明清古建筑群(其中包括太保山玉皇阁等国家级文物保护单位)、省级文物保护单位古建筑群光尊寺等。此外还有市级、区级文物:保山古民居建筑群、古村落,以及境内大量的滇西抗战遗址,如腾冲国殇墓园、中国远征军指挥部、第11集团军指挥部、怒江沿岸中国远征军炮兵阵地及日军碉堡群、松山抗战遗址(国家级文物保护单位)、中国远征军医院遗址、日军多个慰安所遗址等。20世纪80年代保山市便被定为云南省省级历史文化名城。

在经历了多年持续不断的"旧城改造"后,昔日的古城已经被毫无个性的现代建筑所覆盖。当年古城里穿城而过的清澈河流,已经成为下水道和城市的排污沟。然而即使是20世纪70年代,进城卖菜的农民仍然可以直接饮用河里的水。20世纪80年代仍然保留着的古城门,却也在大规模的旧城改造中荡然无存,成了一个城市的中心商业区。

保山市太保山东麓一直是保山古城的文脉,众多明清时期的建筑包括国家级文物保护单位玉皇阁在内的数十座书院、会馆、寺院沿山而建,从而形成一个规模宏大的古建筑群。现在仅存玉皇阁、翠薇楼(因杨升庵曾居住过,当地亦称"状元楼"),其余已经被房地产商开发成商业楼盘。此前,我作为九三学社保山市委主委,曾联合六个党派市委和多名政协委员联名呼吁,保住古城的文脉,最终也无法阻止它的消失。面对已经面目全非的古城，我曾在一篇文章里说道：这个昔日的古城只存于记忆和传说之中，我们甚至已经无处怀古。

　　乡村的情形同样也不容乐观，当下的城镇化运动，有很多我们记忆中温馨的乡村已经面目全非。所有中国人包括我们的父辈都是从乡村走出来的，那是我们中国人家族根系最茁壮、最茂密的家园。乡村的经历是我们每一个人最可靠的人生经验，也是我们最为基本的阅历和底气。"城市"这一概念出现得很晚，在中国尤其如此。而且城市演变也是以乡村作为基础不断延伸而来的。对所谓城镇化运动，我的说法是——消灭乡村运动。一旦所有的乡村都被"消灭"之后，那将意味着我们以乡村为基石的文化传统将被连根拔掉。这是一件想起来都会觉得可怕的事情。

　　作为一名作家，我无力改变现实，唯一能做的只是用文字保留住正在迅速消失的"旧世界"。我在保山担任文联主席期间，曾组织编写了一套名为《保山文化地图》的丛书，以"古村落""古桥""古民居"为专题。我们的初衷是：编写一套用文字描述的保山文化地图和文化记忆。该书出版后得到了各界广泛的好评。可是很快我们发现，原来描绘的文化地图在不断地萎缩，它事实上已经成为一种文学记忆了。我们在庆幸的同时，也在为这些村庄、古桥、古民居的消失而痛心疾首。它们是必须消亡的吗？这些存在了几百年乃至上千年的文化遗存，为什么今天我们就不能容忍它继续存在下去呢？

　　一个学者说过这样一段话：一个失去记忆的人是植物人，一个失去记忆的民族是植物园。我们的民族真的要沦为一个没有历史记忆的"植物园"吗?

在当下这个不断变化的时代,"不变"就意味着"保守""落后""不思进取"。我以为,任何时候我们都应该拥有一些永恒的不会改变的东西,比如故乡、大地、河流。有一首诗这样写道:"永远回不去的地方叫故乡。"其实这正是我们现在处境的真实写照。

这些年我们每一个人都经历了太多的与故土、故居告别的场面,我仿佛觉得我们似乎生活在一个和旧时代告别的挽歌时代。

作为九三社员,我们可以通过政治渠道去呼吁、去奔走。作为作家我们只能用文字去挽留这些已经消失或即将消失的家园。我更希望,我们的家园不仅仅是记忆,更应该是一个真实的可以触摸的现实世界。

2013 年

辑二

杨连的诗歌人生

写诗的人很多，写诗的领导干部肯定不在少数。可是几十年如一日地用诗歌表达其对世界的看法甚至诗歌构成他人生的一部分，这样的人就少之又少了。我相信有很多人都有过写诗的冲动和做诗人的梦想，可是，很多人都以充分的理由或者根本不需要任何理由就轻而易举地结束了诗人的梦想。在坚硬的现实面前诗人的梦想是易碎的，犹如一个色彩斑斓的气泡一样。能够用一生的时间呵护这样的一个易碎而美丽的梦想，这样的人是令人钦佩和值得尊重的。

事实上杨连先生是个一生都在写诗却无意成为诗人的人。因为他的诗除少量在刊物上发表外，更多的却是保留在他的笔记本里。日积月累，早期诗歌笔记的纸页开始泛黄，而他的诗歌写作仍然在延续，并且成为他人生履历的一个重要章节。

我很多年前就读过杨连先生的诗，当时并没有太在意。领导干部偶尔写首诗，这样的现象并不鲜见。后来读过了他很多没有发表、保留在笔记本里的诗，我才知道杨连先生其实是一个

行色匆匆

有着四十年诗歌写作经验的"诗人"(他本人并不承认自己是一个诗人,他说只是热爱诗歌写作而已)。最初读到杨连先生的诗时,我惊讶于他的诗歌的本色与朴素。几十年的仕途生涯,无论职务怎样升迁,这个农民的儿子始终在他的诗歌里,在他的内心中保留着犹如大地般质朴与本色的情怀。而且我相信,没有人可以在几十年的诗歌写作中始终"遮蔽"着自己内心的真实。一首诗、十首诗或许可以做到,但几百首诗、几十年的诗歌创作肯定会彻底地"敞开"他内心最真实的部分。精选出来的四百多首诗,历时几十年,它其实已经构成了杨连的内心史与个人精神史。诗歌创作事实上已经成为他人生不可分割的部分。

我相信一个人对世界的看法最终会以一种非常"个人化"的方式表达出来,而且我还相信,无论谁在表达这种看法时,他本人的阅历、人生背景都会或清晰或隐晦地呈现出来。

因而,在通读杨连先生的诗歌时,我的这种想法尤为强烈。我不知道,杨连先生是不是在用诗歌这种具有个人色彩的方式对世界、对生活发言?我只知道,我从他的诗作里感受到他对世界、对生活的基本看法与立场。

平生自有文章在,荣辱褒贬皆茫茫。(《读令狐安〈重阳登高〉诗有感》)

直面达观自坦然,莫怨天高路不平。(《共勉人生》)

闲来但随沧桑变,忘却浮名意从容。(《老马颂》)

凡事随缘即是福,人生真谛淡泊明。(《闲聊人生》)

几十年的仕途生涯似乎成为他挥之不去的诗歌背景,这一点在他的一些感怀诗里尤其突出。因而从这个意义上讲,人与诗歌的距离只是从内心到他置身其中的现实世界,两者有时很远,有时却很近。

与许多苦心孤诣的职业诗人相比,杨连先生的诗是率性而自然的。他的诗都是即兴的、有感而发的。诗歌之于他只是抒发内心感受的一种方式,如同有人喜欢唱歌一样。每当外界的事物与他的内心相通的时候,他就想写诗了。此时,人与诗已经没有距离了,树即是人,人即是树,诗即是人,人即是诗。人与自然,与世界浑然一体。

> 惟有一株立壁岩,丹心如火映苍穹。(《岩石上的红杜鹃》)
> 折却凌云志,委屈亦悲哉。(《见盆中青树有感》)
> 愿将一树枝和叶,为人遮荫挡寒暑。(《遮荫树》)
> 浑身博得斑斑痕,年年花开红一树。(《洪滔中木棉树》)
> 浮名似青烟,何如长青树,悠悠万古存。(《阿里山观"万岁树"》)

杨连先生的诗是朴素的,在人们已经习惯于那些在诗歌中装神弄鬼的诗人的今天,以至于突然读到几行明晰流畅的诗句,我们或许会本能地怀疑它的诗性,与那些现代诗人相比,杨连先生的诗没有一行会引导评论家联系起艾略特、里尔克之类的名字,这也许因为,引发杨连先生吟哦冲动的,原本就与那些名字无关,原本只是发自内心的真诚,一行行读下去,我们会

行色匆匆

不再思考诗歌本身,只是不断地收获感动。那是质朴的内心流淌出来的感动,诗句里洋溢着忍耐、执着与豁达。用简单表达着复杂,用"轻"的手法表达着"重"。

> 人道诗成三百杯,我却有情但无酒,立马横戈得一搏,功成何必争封侯。(《故友相逢》)

只有对生命和世界有着深刻理解的人才会写出这样的诗句。美国桂冠诗人斯坦利·库尼兹说,"写诗一点儿也不是一项精英主义活动,诗歌来自人类各个层次的普遍需要和愿望。诗歌是你自己生命意义的体现"。杨连先生从不承认自己是诗人。这个有着几十年诗歌写作历程的人,对诗人这一称号始终充满尊重。他认为自己只是一个爱写诗的人。可是诗歌写作的终极目的,并不是要成为一名诗人,而是如斯坦利·库尼兹说的是"生命意义的体现"。从这个意义上说,杨连先生的写作是纯粹而本质的。

2001 年

五十年代的"知青"故事

对于长篇的阅读我是越来越谨慎了,一则以个人的精力根本无暇顾及眼下滥觞于书肆之中的长篇;二则任何一部长篇的优劣在你阅读之前你是不可能知道的,只有读完之后你才可能判定是否值得为这样一本书耗费如此多的时间与精力。如果你在看完后发现这是一本根本不值得读的长篇,已经晚了,你已经为这本劣质的小说耗费了许多时间。后悔是没有意义的,因而在时下这个良莠杂陈的时代里阅读长篇多少有点冒险的意思。

我是在书店里一个偏僻的书架上发现长篇《悲壮人生》的(春风文艺出版社,1998年7月1版)。作者王业腾曾与我过从甚密,后来我到保山他在德宏,彼此联系日少渐至于无了。这些年我只是不时在杂志上看到他的小说,知道他还在写,而且在写长篇,于是我将它作为一次与老朋友阔别十余年之后的偶然相遇。我的意思是:我对老王的这个长篇的阅读,态度上多少有些随意。然而此后的阅读使我的态度迅速发生改变。小说中展示的20世纪50年代"知青"们充满悲剧色彩的故事强烈地震撼了我，深夜里独自在灯下为一群消逝于亚热带橡胶林的生命而感动，于我已是一种久违的体验了。

作为一个语词或是一个历史概念，"知青"早已深入人心。而且在相当一段时期里知青题材甚至成为创作的母本或创作资源库，源源不断地滋生出大量感伤或悲壮的知青故事。然而长篇小说《悲壮人生》所叙述的却是一个与上述知青题材截然不同的五十年代的"知青"（准确的说法应该是垦荒青年或者叫支边青年）的故事。说他们是知青是因为他们也和六十年代末期的知青一样来自于城市，接受过不够完整的教育，并且也一样经历了轰轰烈烈的欢送仪式后出现在另外一片他们全然陌生的荒凉的土地上。两者的差别在于六十年代末期的知青具有数量庞大的优势，而且犹如"过客"一般最终还是回到他们各自出生或成长的地方；而五十年代的知青由于群体数量的相对劣势因而他们的声音也相对微弱，而且他们离开了城市之后就像水消失于大地一样，彻底地从他们的出生地或生长地消失了。作为群体他们似乎从欢送的锣声结束后就已经解体了。此后他们再也没有向人展示过群体的力量，而是以个体生命的形式在另外一块土地上演绎出各自的人生悲欢。因而他们的命运与际遇注定要比六十年代末期的知青更显曲折多舛，更具沧桑悲凉的意味。

《悲壮人生》是关于一群失败的或失意的理想主义者的故事。一群五十年代的热血青年怀着那个时代特定的理想，唱着苏联歌曲离开了他们生长的城市，去开垦滇西亚热带大片未开垦的处女地。在当时广为流行的肖洛霍夫的小说《被开垦的处女地》极大地鼓舞了这些五十年代中国城市青年内心里的小资产阶级浪漫想法。苏联青年的榜样与当时的宣传号召使他们的理想陷入一种集体无意识状态，共性太多个性太少。因而当他们亲手植下的橡胶树一天天长大时，他们发现最初的理想却离他们越来越远了。以致后来回首往事时他们为自己狼狈不堪的人生（当然这是他们的后辈们的看法）而无奈地感慨。小说在对人物命运的叙述中溢满了悲壮的末路英雄的色彩。

其实作家本人就是他们中的一员，只是小说有意采用了"他称"的叙述立场，让一个对未来充满怀疑的酷爱俄罗斯小说的高考落第生来讲述父辈们的故事，小说与叙述之间于是便出现了某种"历史距离"。这种距离使这个叫"三狗"的青年讲述的父辈们的故事具有了相当的张力。"三狗"对父辈英雄故事的否定与父亲至死不悔的理想主义使小说在价值判断上具有双重甚至多重标准，小说也因此变得"复杂"起来。小说中最精彩的部分是在这些"老垦"们内心的浪漫遭遇坚硬的现实之后，原先崇高而浪漫的想法在严酷的现实面前变得有些可笑与令人起疑，于是这个怀着共同理想的群体的分化就是必然的了。他们开始变得实际或者猥琐。此时凸显于多数人内心里的是生存高于一切的想法。既然共同的理想靠不住，那么就先实现各自的人生理想好了。为共和国开垦处女地的初衷此时已经蜕变为一场在滇西亚热带土地上的生存角逐。在这一群"老垦"中，善于审时度势且不择手段并最终成为总场场长、农垦分局副局长的"宋叔"与外表忠厚木讷实则颇工心计深藏不露的农场书记"韦叔"无疑是他们中的胜者。而父亲老挺，开叔，大、小巫姨和禹叔等人却成了这场生存角逐中的弱者。他们的遭际似乎是一代"老垦"的具有普遍性命运的缩写。他们的悲剧或许在于，他们不能及时地调整自己不合时宜的理想，尽管他们早已经放弃了年轻时的罗曼蒂克的想法，然而他们却几十年如一日不停地回忆与讲述自己从前的辉煌。在某种意义上他们始终生活在滋养过他们的城市里，他们不愿意把精神之根扎在这块其实已经生存了几十年的土地，而宁愿将它伸向早就将他们忘却了的城市。因而这是一群永远"生活在别处的"、精神无根的人群。伴随父亲一生的是白箱子里永远收藏着的青年时代的恋人秀莲阿姨的相片和一张刊有昆明市各界为青年垦荒队举行盛大欢送会与张冲副省长为垦荒队命名授旗的报道的《云南青年报》。而出生于昆明珠宝商家庭的"开叔"则因他骨子里的不合时宜的小资产阶级情调始终不能真正融入这片朴实的野地，因而他人生的起伏跌宕似乎就是注定的了。

  小说关于父辈们爱情的叙述极为生动酷烈。大巫姨与小巫姨是一对美丽而引人注目的姊妹，她们的美丽在滇西亚热带土地上似乎格外的脆弱。在小说的开篇作者就通过"三狗"父亲的预言，暗示了这两个美丽女人的爱情。大巫姨因与禹叔在野外的爱情活动而被农场领导当场查获，此后两个未婚的青年男女陷入了旷日持久的令人难堪的交代，以满足其他人因为性饥渴而产生的畸形的心理欲求。此后性情刚烈的大巫姨吊死在农场院子里的香椿树上，而在这群狂热的"老垦"中，始终像个冷静的旁观者或思考者的禹独鹤最终在父亲的押送下永远地离开了这片土地。尽管很多年后在省城成了总经理的禹独鹤令当年的老垦们羡慕不已,然而他内心深处来自那片土地的深入骨髓的创痛将伴随他的一生。而小巫姨则嫁给了一个身患残疾的农村移民。在"三狗"的母亲死后,垂暮之年的"三狗"父亲因为担心子女反对,而与已成为寡妇的小巫姨保持着一种令人尴尬的地下爱情活动。而农场里另一个可以和大巫姨平分秋色的"场花"是"三狗"的母亲。出身于音乐世家的"三狗"母亲自幼受过良好的艺术熏陶,因而她与热爱音乐的开叔的相爱是很自然的。而"三狗"母亲最终与"三狗"父亲的婚姻则是在开叔被打成反党反社会主义分子后组织的安排。此后"三狗"母亲将婚姻给了"三狗"父亲,却将爱情留给了开叔。后来"三狗"母亲生下了丫头、老憨和三狗。而她则在无爱的婚姻中早逝,她在贴身内衣里至死都保留着开叔的信物。出于对爱情的绝望,"三狗"父亲在诅咒死去的"三狗"母亲的同时,又在怀念他青年时代的恋人秀莲,并将她的照片珍藏到白箱子里,一直到生命结束。

叙述人在叙述父辈们的苦难而悲壮的生命故事时也在叙述着他们自己的故事。这是一群与父辈们有着完全不同经历的人,他们所有的故事与回忆都来自于这片亚热带土地。如果说父辈们始终没有真正融入他们其实已经生存了几十年的土地之中,而他们却别无选择地成了这片土地之子。叙述人"三狗"在心情复杂地否定父辈的同时自己也陷入迷惘,因吸食海洛因而感染艾滋病的哥哥的自杀似乎是叙述人"三狗"对父辈们的另一种否定。如果说"三狗"的父辈悲壮的人生是缘于过于浪漫的英雄主义梦想,那"三狗"这一辈的悲剧或许是由于没有梦想。

然而"三狗"这一辈毕竟是这片土地的真正的主人,他们在这片土地上演绎的故事肯定不会与父辈们的故事雷同。如果说"三狗"的父辈像种子一样来到了这片土地,那么他们则仿佛树一样深深地扎根于这片亚热带土地。这注定了他们与这片土地的联系要比父辈们更为紧密。

《悲壮人生》是一部异常"结实"的小说,作为一个在农场生活了几十年的"老垦",这段经历肯定是王业腾一生中最铭心刻骨最丰厚也是最难以释怀的经历,因而他急于在这部长篇里讲大量关于"老垦"的故事,这在客观上使得这部长篇的表达显得有些急促,叙述上不够从容舒缓,小说于是也不太"好看"。当然,"好看"的小说不一定是好的小说,但是好小说也应该"好看"才是。

一段快要被人遗忘的五十年代的"知青"的故事,被一个当年的"老垦"写来自然是格外的珍贵,也格外令人心动的。

1998 年

记录"基层"

——雷华的叙事

雷华兄是我多年的朋友，当年我们同时供职于《保山日报》社。他是驻县记者站记者，我是编辑。我们之间的关系如同生产商与经销商的关系，他写稿，我负责包装后销给读者。久之，我们就超越了这种简单的业务关系，成了酒肉朋友。雷华兄是一个性情中人，疾恶如仇，酒量也大。酒至半酣时，他就挥舞手臂，肆无忌惮地臧否人物，且褒贬分明，一脸天真，张扬之态令我至今印象深刻。

前不久，雷华兄将他这些年写的文章整理成册，并嘱我写点东西。这本名为《飘逝的酒香》的集子，是雷华兄多年来写的各类文章，体例较杂，有新闻作品、杂感、散文、小说。里面有很多文章是当年经我的手"批发"给读者的，因而读来别有一种亲切，如与老朋友见面，一起喝酒、聊天。

雷华兄的文章，无论是何种体例，通讯也好，杂感也好，或者小说、散文，无一例外都是"基层"生活的记录和表达。当

行色匆匆

然他不是所谓"全景"式的记录,而是"散点式"或"点滴式"的记录。只看一篇你可能只能了解他所记录的基层世界的某个很小的局部,但是集中在一起就构成了他所记录的"整个世界",并且于此构成了雷华的叙事模式,正所谓"滴水成渊"。可能是由于多年记者职业的原因,雷华的东西大多短小,这样便于报纸刊发。与那些擅长鸿篇巨制的作者相比,雷华似乎更长于"短制"。这里我并无比较"长""短"优劣之意。写作最重要的是,你是否用你的眼睛记录,是否忠实于你所记录的生活。我想这才是衡量一切写作的最重要的标准,对于一个记者尤其如此。

雷华兄几十年来始终蛰居在怒江西岸龙陵县城。那是一个多雨而湿润的县城。以雷华兄现在的年龄来看,大概可以说他会在龙陵县城里"终其一生",从前在龙陵和雷华一起喝酒时,他总是说,"哎呀,我没有机会跨过怒江"。我知道其实是他不想去。因为他每次有事到保山总是来去匆匆,一天也不愿意多待。即使在保山,他聊的也都是龙陵的人和事,因为那是雷华的"全部的世界"。

如果按照我们现在的体制,雷华应该是中国最基层的记者。在这里我不愿意使用"底层"这样的词。"基层"和"底层"虽然意思相近,但"底层"似乎有"低下、卑下"的意思,而"基层"似乎更中性,更准确。其实我们都是来自"基层",所有中国人的父辈都是从乡村走出来的,那是我们中国人家族根系最茁壮、最茂密之地。"基层"的经历是我们每一个人最可靠的人生经验,也是我们最为基本的"阅历"和底气。当下的城镇化运动,有很多我们记忆中温馨的乡村已经面目全非。对所谓城镇化运动,我的说法是——消灭乡村运动。一旦所有的乡村都被"消灭"之后,那将意味着我们以乡村为基石的文化传统将被连根拔掉。这是一件想起来都会觉得可怕的事情。当然这是另外的话了。幸而我们还有很多像雷华这样记录乡村的人。

记录"基层"是雷华最基本的叙事。这里我不想具体地谈论雷华兄的某篇作品。因为作品摆在那里,每个读者都会有自己的看法。

我想说的是,《飘逝的酒香》是一部非常"接地气"的作品。尽管有些作品略显粗糙,不够精致,但它绝对是从大地上生长出来的,自有一种天然、不修边幅的味道。

好多年没和雷华兄喝酒了,真的想找个机会在湿润的龙陵乡下和雷华兄、和龙陵的朋友们喝上一顿酒,重温那"飘逝的酒香"。

2013 年

马骕：一个守旧与传统的人

在我一贯的印象里，马骕是一个有着旧式文人做派的人——儒雅谦和、循规蹈矩。我想这会不会与他长期研习书法有关？长期浸淫在书法这种只能在中国传统文化中生长的、真正的"国粹"的氛围中，身上的传统气息自然要重些。

除了书法之外，马骕兄平时也偷闲写点诗，但很少示人。因而除了少数几个和他过从甚密的人之外，大多数人只知道他的书法作品，而不知道他也写诗。所以当马骕兄将他平时写的诗稿交我并嘱我写点东西时，我一点都不觉得意外。

读完马骕兄的诗稿时，我突然想到"守旧""传统"这一类的语词，我仿佛看到如今仍旧在历史书中游走的古代文人的身影。他的诗不是充斥于当代报刊、书肆里的诗歌，是古诗，古代文人相互赠予、交流的那种诗，至少是属于同一话语系统的诗。当众人都在用现代话语交流，马骕兄却用古人的话语写诗，就好比众人都在说着现代的话，而马骕兄却在一旁说着古人说的话。我不禁有点哑然了。不过这也多少证明了我对马骕兄的判断——一个守旧的人。

在中国古代，书法家与诗人原本是一体的，不可分割的，诗人写书法，书法家写诗，是诗人同时也是书法家。在中国历史上这样的例子比比皆是，一点也不稀奇。因而在古代，书法家无须向诗人致敬，诗人也不会在书法家面前自惭形秽。这种情形到了现在有了很大的改变，书法家写诗的不多，写得好的则更少；而诗人能写一手好书法的也寥若晨星。书法与诗歌分属不同的专业壁垒——书法家协会与作家协会。

马骉兄的诗虽然与古代人使用的是同一话语系统，但是毕竟语境有了很大的变化，现代人写的古诗在诗歌的法度上肯定会有很大的差别。因而我只想从对马骉兄诗歌的有限阅读中解读他内心与精神的轨迹。无论书法还是诗歌，其本质上其实都是作者人生态度的表达和阐释。

> 一梦当年劫后生，依旧清凉秋月夜。（《西山栖贤寺三首》）
>
> 回首忽惊往事空，灯下墨痕浓又浓，秃毫信手逐春风。（《题画梅四首》）

以马骉兄的年龄应该是经历过很多人生的苦难与艰辛的，如今这些历历在目的苦难已经成为他的人生财富。寺乎？梅乎？寺院的命运、梅花的衰荣又何尝不是人的命运的喻体？诗里有一种阅尽沧桑之后的通达与彻悟。

> 未了人间多少事，芸芸谁肯做闲人。(《西山栖贤寺三首》)
> 渺渺天风远，悠悠梵语真。(《宝鼎寺》)
> 晴空飞舞庄生蝶，无迹天风送八方。(《焚稿》)

　　在古代士人的精神人格中，老庄哲学是其最本质的内核，追求内心自由，"逍遥出世"。马骍身上不难发现古代士人的余脉。在我的印象里马骍是一个内心和性格都很柔软的人，但这并不影响他一样可写出"今日横空来放胆，风晴雨露入家门"(《题画》)这样雄壮的诗句。当然这在马骍的诗中是难得的雄壮之音。

　　"五四"之后，"守旧"似乎成了一个被人们避之不及的词，意味着"保守""落后"，革命的对象。在这个被现代追逐而裸奔的时代，不会电脑，整日沉湎于书法、诗词的马骍兄似乎与我们这个时代格格不入。当我们大多数人的内心在随处漂泊时，马骍却像一个不愿意离开故乡的人，安静地守护着他的故乡。在时下这个喧嚣的时代，马骍的这种"守旧"显得格外珍贵，因为那是我们所有人的"故乡"，是被我们称作"传统"的东西。马骍兄的守旧是值得尊重的。

2010 年

首麟兄其人

首麟兄的名字比较占便宜，无论"王"也好，"首麟"也好，似都有"首领"之意。初识首麟兄时，大多数场合都毕恭毕敬称王老师；熟了，便直呼其名。一干人出去采风，遇上有事商议便有人大呼"首领"应该如何，首麟兄浑然不觉，俨然一群落草好汉的头领。

首麟兄是北方人，嗓门粗大，不像南方人说话时总让人疑心嗓子不够通泰。首麟兄生就一副北方男人的模样，朴质、黝黑、长发披肩、气宇轩昂，不咄咄逼人、不争先恐后、慢慢地表达，眼睛里布满理解和包容。首麟兄性格的另一面毋庸置疑地可用"硬朗"一词。这一点在他的画里表现得尤为明显。

云南九三书画院成立之初，首麟兄出任院长。此前只风传他的画如何了得，却无缘得见。当然这一方面说明我孤陋寡闻，另一方面也与我不是美术圈的人有关。第一次看到首麟兄的画，只觉笔墨犷悍、汪洋恣肆，而又不失细腻与温情。他的绘画语言与我见过的很多云南画家不同，即使不懂绘画的我，也能感

行色匆匆

觉到。男人的画——这是首麟兄的画给我的最直接的印象。直到见过本人后,才觉得"画如其人"在首麟兄身上是再准确不过了。首麟兄似乎更擅长画男人,当然他也画女人,只是我觉得他笔下的女人似乎距离我们太遥远,像是生活在魏晋时期或宋代水井边的女子,寥寥数笔令人怦然心动,却只能到古书里寻找。首麟兄肯定不同意我的说法。我想说的是——我更喜欢他笔下的男人,尤其是他笔下的那些魏晋时期的男人们。从前读文学史最喜欢的就是魏晋时期的文人——自由、独立、诗酒人生、寄情山水、从心所欲。首麟兄的魏晋文人的组画,似乎让这一群中国历史上最自由、独立的知识分子从发霉的文字史料中走出来,成为一个个栩栩如生的形象。你可以感受到他们的呼吸、体温和醉态。在《名士图》《魏晋风度》中我甚至嗅到弥漫在画面中挥之不去的酒味。只有在内心里和魏晋文人相通,并且充满尊重才可能如此传神地描绘出这群中国历史上最狂放不羁的名士,否则就是一群穿着古代服饰的现代人,你可以闻到化妆品的味道,却闻不到酒味。首麟兄内心的自由与洒脱与魏晋名士有相通之处。有一个事实可以佐证首麟兄的"魏晋风度":

一日画室被盗,约两百幅画被劫掠一空,而且大多是大画。此案成为云南有史以来最大的书画盗窃案,据报道价值约两千万。首麟兄告诉我,"全是最好的作品"。如果换一个画家,那可能是一生的作品。多年心血付之一盗,首麟兄并没有我想象的那样沮丧,他说:"没什么,我还能画,那些画永远都是我的,上面有我的落款和印章。我只是拿不到钱而已。"说毕大笑。此后一样画画、采风、办画展,一样谈笑风生。北方人的

"抗击打能力"真的不一般。

首麟兄 2000 年到云南,高原奇异的民族风俗、山水、植物使他兴奋不已。用他的话说"北人看南,视觉被刺激,思维在跳动"。十余年间他的足迹遍及云南各个角落。高原少数民族依然延续的传统,如镖牛祭神、上刀山、下火海、斗牛,使首麟兄这个东北男人如痴如醉、乐此不疲。我估计酒没少喝,东北人不惧酒。可是我认识首麟兄后就没见他怎么喝酒。他说从前喝得太多,指标用完了。可见所谓"魏晋风度"并不都是用酒浇出来的。内心自由洒脱的人,无论喝不喝酒都一样收放自如。首麟兄不喝酒一样潇洒,一样有"魏晋遗风"。

云南高原的骡马、牛羊、猪狗、鸡鸭鹅、蔬菜、水果极大地丰富了首麟兄的"绘画谱系"。他在一篇文章里自诩为"北人拾南豆"。只是与首麟兄绘画谱系不同的是,高原少数民族的文化传统像地球上的物种一样——日渐衰亡。高原的山寨里随处可见身着西装的年轻人。对现代文明的憧憬和对城市的向往使他们开始告别祖先的服饰。他们告别的肯定不仅仅是服饰,还有对本民族文化传统的心理认同。事实上,他们开始用"落后、愚昧"这样的词来评价他们自己的文化传统。在全球化的进程中,世界正在被"标准化"的模式覆盖与统一,包括云南高原偏远的少数民族村落。我们无力阻止这种改变,更无权指责人们对现代文明生活的追求与向往。然而作为画家他却可以让这些正在消失的边地民俗凝固在他的画里,一如《清明上河图》那样。

此后,首麟兄开始创作一幅更大的画。这个来自北方的男人用他的方式拯救那些曾经感动过他,并日趋消亡的高原民俗。

于是便有了120米长、规模宏大的《边寨集市》(《生民》系列之一)。五百多个云南少数民族兄弟姐妹进入了他的画里，当然还是男人居多。首麟兄在他的一篇创作谈里是这样写的："山民是我师，我是山民友。十年插队，我已成为农民，画同类倍感亲切，画同类激情无限。同类没有地域之分，没有民族之分，只锄耕与笔耕之分也。"这段文字可以为首麟兄的长卷《边寨集市》作一个注脚。几乎所有我认识的人在面对首麟兄的《边寨集市》时都会被震撼，不管是美术界的同行还是像我这样不懂画的人。这个以山民同类自居的画家，是在为他的兄弟姐妹——其实也是我们共同的兄弟姐妹画像。一个我熟悉的画家在看了《边寨集市》后悄悄告诉我，《边寨集市》是绝对可以进入中国美术史的作品。这话我没有对首麟兄讲，因为我知道对一部作品最公正的评价是——时间。但是我深信，长卷画作《边寨集市》会得到它应有的评价。

在完成《边寨集市》之后，首麟兄又开始酝酿《生民》系列之二的创作。据说是以云南高原少数民族节日为题材。我也相信——那肯定会是一部酒气熏天的长卷，云南高原少数民族的节日是离不开酒的。

我想，如果很多年后，我们只能在首麟兄的《生民》系列风俗画里了解云南高原少数民族的习俗，那其实是一件令人悲哀的事情。但是我们至少还可以这样说——幸好我们还有王首麟的《生民》长卷系列风俗画。

2010年

动人的苦樱花

我一向以为：当小说家被时代冷落或失去昔日辉煌的时候仍然坚持不辍的人才是真正意义的写作者。从这个定义出发，著作等身的写作者未必是真正的写作者。在摈弃或剔除了种种秘不可宣的功利或物质的色彩之后，小说及小说家也许会变得纯粹起来，因为此时的写作只是为写作本身而存在。对这样的写作者我常常心存敬意，尽管他们也许并没有特别骄人的写作业绩。

我区老作家杨辅丛新近结集出版的小说《爱的潜流》、散文集《龙陵风情录》使我又一次目睹了一个真正的写作者的身影。这个20世纪50年代就开始发表小说，从小就渴望成为作家的人，几十年来，文学成了他生命过程中最神圣最动人的风景。即使是现在，这个早就怀揣省作协会员证的人仍然不愿意承认自己是作家。"如果想当作家的人都能成为作家，作家满街都是。"（杨辅丛语）是不是作家至少对老杨并不重要。重要的是：你是否在写，写作就是一切。除了写作本身之外，没有任何东西能成为作家的证明。这个事实至少说明了老杨对文学的虔诚。

这种真实的虔诚使他不敢轻易将神圣的"作家"的桂冠戴在自己的头上。（事实上作家眼下已成为一种职业称谓而很难唤起人们昔日的神圣感）永远保持一种"在路上"的姿态，这一点尤为令人起敬。

老杨一生蛰居在滇西角落山峦起伏的龙陵。几十年来他的足迹几乎遍及龙陵所有的村寨，他似乎在用生命丈量足下这片多山的土地。如今他的生命一如家乡起伏不定的群山那样沟壑纵横，可他仍一如年轻时那样用文学抚摸着家乡的山水。《爱的潜流》《龙陵风情录》凝结着作家本人对家乡的真诚与挚爱。无论是讲述这片土地的人的命运抑或是讲述家乡的山水，你都不难感觉到溢满纸页的深情。

小说《爱的潜流》几乎可以描述出杨辅丛几十年来漫长而艰辛的创作曲线。对于50年代过来的人而言写作无疑是一种辉煌而冒险的事业，因为写作或许会使你在经历片刻的辉煌之后开始漫长而起伏不定的人生。我们现在已很难想象杨辅丛在书的《自序》中提到的"地下写作"状态。我想或许正是这种状态造就了他真诚的文学态度，这一点是许多后来的写作者所不及的。《爱的潜流》收录的作品虽然在艺术上并不十分"整齐"，但无一不透着作家对生活和文学的真诚。

对农民生活的熟悉使杨辅丛更多地关注在贫瘠的土地上生存的人们，一条人类用来抵御寒冷遮挡羞耻的长裤居然成了农民袁高留的一种苦苦的奢望，并且关系到他作为人的尊严。然而也是一条长裤竟使得一个卑微的生命焕发出光彩。（《焕然一新的袁高留》）读到作家写出的这个"黑色幽默"的故事，我却无论如何也幽默不起来。一块罗马表穿越岁月使农民沈石头与县委书记有了一种历史的联系。在《沈石头还表》中，作家意味深长地讲述了一个官与民的故事，只是人为的凿痕多少使小说的意义和故事之间出现了一点罅隙。《革命干部吴有宝》讲述了一个"以革命的名义"的懒汉农民的故事，并通过这个懒汉农民的性格变迁折射出一个荒诞的岁月。《爱的潜流》诉说了一个发生于 50 年代的苦涩而充满悲剧色彩的爱情故事。两个历尽沧桑的恋人在二十年后的相遇令人嘘嘘不已。这本来应该是一个非常曲折动人的爱情故事，可是过于强烈的主题削弱了作品本来应该具有的更为丰富的历史容量。此外，在读过老杨的写农民的小说之后，觉得他笔下的农民比之他笔下的知识分子要厚实鲜活得多。由此看来，生活确确实实是创作的底气，小说创作尤其如此。除了关注农民的生存状态之外，老杨还有一些写基层官场的篇什。比如小说《寂院清音》：老于官场的县委书记准备向他刚刚被提为厂长的儿子传授为官之道，可是后来发觉儿子对他的为官之道嗤之以鼻。衰颓的历史与充满希望的明天，两者具有一种不言自明的对比意味。只是我觉得老杨可能过于乐观了，儿子会不会在几年之后成为父亲第二，或变本加厉呢？我的意思是：老杨没能表达出生活的复杂与严酷的层面。当然这可能有点近于挑剔了。

特别值得一提的是老杨的中篇小说《寻宝》，如果说他此前的某些小说还多少流露出一点那个年代小说创作的局限，比如：主题先行或概念化的痕迹。（这其实是谁也无法逃避的，谁叫你生在那个年代呢？）那么，这个 1989 年刊发于《大西南文学》

的中篇小说《寻宝》则标志着作家在小说创作上的真正成熟。此时的老杨已经完全摆脱了"文革"时期写作模式的影响。《寻宝》是一个好看而且耐看的小说,不论小说日后怎样发展,好看和耐看作为衡量小说的标准大概永远不会过时。《寻宝》是写一个寻找宝物的荒唐的闹剧。小说耐心而不动声色地将贫瘠的土地上的农民内心深处的发财的欲望刻画得酣畅淋漓,作家无意向读者讲述一个悬念迭起的故事,他用被岁月磨砺得深刻无比的目光穿透那如同生活般自然而真实的故事,因而小说具有一种深厚而丰富的意味。《寻宝》是一部值得骄傲的小说。

《龙陵风情录》是老杨的另一种文本,用优美的散文笔调或翔实严谨的史家笔墨叙写龙陵的山川形胜、乡风民俗,这无疑是一项造福乡梓而又浩大的工程。耗时两年近二十万字的书,作者所付出的艰辛是可想而知的。《龙陵风情录》作为第一本完整而全面地介绍龙陵文化、历史、风物的书,它的价值将随着岁月推移而日益显示出来。人的一生能做这样一两件事可以知足也功莫大焉。

作为我区的文学前辈,老杨在文学上的坚韧与执着是令人尊重的,一如他笔下出现过多次的苦樱花。这种在滇西大山里随处可见的平常的花,默默地在大山的皱褶里花开花落。"没有绝望或壮烈的呼号","只有历尽岁月沧桑的人,才喜欢苦樱桃的味道,品得出苦樱桃的味道。"(《苦樱桃》)这篇散文我们不妨把它看作老杨几十年文学追求的注脚与自况。

1998 年

"在路上"的思想者

熊清华先生是一个学者——这是我一直以来对他的判断。直到读了他的《语境保山》等几本书后，我就在想，他原本是可以成为一个很好的作家的。至少他年轻时候曾经有过当作家的梦想，并为之努力过，只是后来长期从事理论研究和行政领导工作，昔日的梦想便只好暂时搁置起来。人生本来就有很多种可能和选择，你无法评判哪一种选择更好。这是每个人的"宿命"。只是有过作家梦想的人，要彻底忘掉文学是困难的，它总是像个影子一样蛰伏在内心里，一有机会就死灰复燃。直到读过清华先生刚完成的手稿《思想在爱的路上》，我相信他从前的梦想又开始"复活"了。

《思想在爱的路上》收录了熊清华先生五篇散文，主要是他近年来在世界各地的行走记录。内容安排上很有意思，从敦煌出发历经美国、非洲、欧洲最后抵达南亚，我不知道这是作家有意安排还有意无意间暗喻了一个作家的精神旅程。

说实话，要判断熊清华先生的文体是困难的，这与他搞研究出身的背景有关。强大的理性的力量使他的写作无法恪守散文的规范和约束。因而你指望跟随着他的脚步或目光所及之处，去领略敦煌的苍凉凄美，或是非洲大草原的广袤、辽远……这是徒劳的。在对《思想在爱的路上》的最初阅读中我的这种期望落空。你领略到的是他一路上的思考或者思想。他似乎很少正面描绘眼前的风景，而是思考风景背后以及风景给他的思考和启示——一个永远在路上的思想者。从这个意义上说，清华先生并不是一个称职的描绘风景的写手，而是一个心不在焉的旅行者，或是一个沉思的行者。他更关注的是"路上"给予他的启示。其实熊清华先生本来就无意为读者提供具体的风景的展示，那是游记作家干的事。他在意的是——他目光所及之处的"意义"。《思想在爱的路上》后记里的一句话大概可以诠释他的写作态度："最绚丽的风景在远方，最深邃的思想在路上。"这是他和很多作家写作的差别。在面对敦煌的"古今往事、佛光窟影、浮事红尘"（作者语），清华先生想到的是草原文明与农耕文明的碰撞，以及在对中华文明史的反思中"想象先民们纵马大漠的激情和豪气，去静悟敦煌特殊的宁静与平和"（作者语）。作家在记述印度泰姬陵的文中有这样一句话："思维用响亮的声音告诉我。"事实是我在清华先生书里到处都可以听到"思维响亮的声音"。

"读万卷书，行万里路"，这是中国古代文人的传统。这些饱读诗书的文人从书斋出发，像司马迁、李白那样遍游名山大川。其实他们已经在书里饱览了天下风景，所谓旅游只是印证他内心的风景和昔日所学而已。只是心里存了太多的"风景"，以至于在真实的风景前,"内心的风景"可能会愈发"响亮"起来。于是眼前的风景与内心的风景、想象与现实混杂融合,众声喧哗。如果说在敦煌清华先生是文化朝圣者的心态,那么,他的美国之行则是一种怀疑和居高临下的姿态,"对一个受5000多年中国历史熏陶又特别喜欢历史的人来说,在潜意识里总觉得只有200多年历史的美国富裕得有些俗气,认为历史所带来的高贵气质是不可能在一个没有历史或者说只有短暂历史的大国形成的"(作者语)。斯坦福大学的学习让他有机会更从容地观察美国。比如他对美国大学与美国社会关系的思考相当精彩。他认为美国人塑造了美国大学的精神气质,美国大学的精神气质又反过来深刻地影响了美国。清华先生的文章里随处闪烁着思辨之美,这也是阅读中让我感到满足的地方。理性和思辨的色彩让他的文章富于思想含量。我想清华先生或许不屑于写那种满足视觉需要的记录式的文章。在各种媒体高度发达的今天,记录式文章比比皆是,而像熊清华先生这样驻足于风景前的思考者反而是稀缺的。我相信有阅历和有见识的文字,其价值肯定超越记录式的游记。对于这一点,清华先生是这样解释的:"可能是因为我的工作每时每刻都需要精确分析、准确判断、准确决策的缘故。"

当然,说清华先生的文章更偏重于理性,是在散文的前提下,否则就成了学术文章,那就是另外的标准了。

如果说在《永恒的敦煌永远的梦》和《眼里的美利坚,心中的斯坦福》体现的更多的是理性和学术的气息,而关于非洲、爱琴海、泰姬陵的其余三篇则不难窥见清华先生平时掩盖在理性和思辨之下的诗人情怀。我想这是否和题材有关？在非洲大草原的落日前，清华先生突然成了一个诗人："草原落日，扛枪的男人的背景中，成了最美的景致。"他在文章中多次提到了海明威的《乞力马扎罗的雪》、艾萨克·甘森的散文，甚至在从非洲回来很久之后还在想"为什么老年的海德格尔在他的回忆短文《属于钟楼的秘密》中，在富含诗情画意的描述中，总把钟楼、钟声、儿童时代的游戏、田野、小路、春夏秋冬的交替等，组成一幅静谧、遥远、深邃、神秘的图像？"在泰姬陵我读到在清华先生文章里很不多见的极为细致的景色描写，犹如一个画家那样观察风景："傍晚，泰姬陵迎来它一天中最为妩媚的时刻，斜阳夕照之下，白色的泰姬陵开始从灰黄、金黄，逐渐变成粉红、暗红、淡青色，随着月亮的冉冉升起最终回归成银白色。在月色朦胧中，它是那样的高雅别致和迷人，尤其是那在月光映照下发出的淡淡的紫色，清雅出尘，俨然就是一位天宫下凡的仙女……"清华先生的思考和议论并非强行嵌入式的，而是自然地由景及物、及人、及史的。比如在非洲马塞马拉大草原思索土地与生命、与人类的关系；在爱琴海读雨果的诗，思考人类早期神话所提供的历史暗示与记忆。

　　有着良好的文学感受力和文学素养的清华先生，他其实可以写出很美的文字，只是学者出身的背景和多年形成的习惯，使他更迷恋风景之后所昭示的意义。或者说他难以抵抗来自意义的诱惑。其实写作本身就是一种选择。写作的丰富与多样性决定了一千个人就有一千种写作。熊清华先生完全可以按照他的方式自由地写作。只是,我觉得文学作品的思考应该是文学的方式,而非学术的方式。两者在叙述方式上有很大的差异。太多的理性思考可能会使散文的叙述变得滞重,甚至损害文学。以此就教于清华先生。

2015 年

在内心中飞翔

——黄立新散文解读

　　第一次读到的黄立新的诗是他从前出版的诗集《犁心集》，当时我曾惊讶于他出色的语言感受力与想象的自由。后来编过他的散文《龙王塘》，再后来知道他原来是写诗的，20世纪90年代初就加入了云南省作家协会。在担任保山市政府副市长之后他的诗人之梦似乎并没有结束，每当处理完冗杂的事务，夜阑人静之时，从前的诗人黄立新似乎就开始复活了。只是此时他写得更多的是散文。

　　说实话，解读黄立新的散文是困难的。或许是长期的诗歌写作对他的影响太大了，因而他的散文并不注重叙事的连贯，诗歌的意象频繁地在散文中出现，并且从一种意象向另一种意象滑动，意象之间的张力呈现出多种可能的指向，犹如一个巨大的隐喻世界。"怎样的归去来兮？青牛远影，骑什么回去？紫气淡吹，借什么鼓翅扶摇？开那瓶封存四年的佳酿，在四季以外的一个特殊日沉醉。"（《别故园》）这使得他的散文变得复杂而诗性充沛。

深厚的古典诗词的积淀，是黄立新散文与诗歌的底色。(这一点从他那些相当出色的格律诗中可以看出)只是令我感到不解的是，在他的散文或者诗歌中，作为一名政府官员的黄立新居然不见一点影子，只有一个寂寞的、内心敏感的文人在属于他一个人的"小院"里，"面壁伫立"(《失乐园》)。或者与他的三角梅相伴低语。

黄立新的散文世界是一种非常个人化与内心化的世界，一个只有作家本人才能在其间飞翔的世界。一株盛开的三角梅、一个被分割的小院、被一阵微风吹落的花朵都可能为感觉敏锐的作者提供一种进入内心的通道。于是作者的想象力在广阔的内心中飞翔。此时，散文不再按照人们惯常的逻辑发展，而是沿着想象之流、内心之流展开。这决定了黄立新散文的结构与形态。然而，正如鸟的飞翔需要借助空气一样，这种内心的飞翔，需要深厚的知识积累与人生阅历作为背景。了解了这一点，你不难发现，支撑散文《三角梅》的其实是作者的人生的经历与体验。

读黄立新的散文，我最大的感受就是它不可消解的神秘性。其实，写作的本性并不是在简单化的"说清"中，而是要聆听语言内部的、几乎被湮没无闻的丰盈的神秘性。正是这一神秘，使我们的灵魂接近至境。一个写作者，如果他不想蒙混过关的话，他迟早要面对被神秘攫住的体验。我相信，真正意义上的写作将挽留一个充满神秘感的世界。它永远是语言中最微妙最崭新的部分。由于它的存在，我们获得了现实之外的另一重视野，并保持了"向某种不可僭越的神秘境界"的致敬。我发现，

行色匆匆

黄立新的散文中不论是叙事的还是那种内心独白式的,都似乎充满了对某种神秘之物的敬畏。在当下这个"无知者无畏"的世界里,这种敬畏是令人起敬的。

2002 年

从"人本"到"文本"

——段培东的一种解读

在阅读老段的第一部长篇《剑扫风烟》之前,我对老段的"人本"几乎一无所知——除了偶尔开会见过几面并知道他是一个农民,每日劳作之余潜心笔耕之外。在此之前的"老段茶座"给我提供的也只是老段的另一种"文本",仍然无法为我们阅读老段的另一个文本《剑扫风烟》及其他提供某种解读参照。

对老段的人本的陌生和我们习以为常的阅读定式,使我们无法解读老段,这种阅读心理使我们在老段的文本面前一筹莫展,它瓦解了我们以往每次阅读之前的对经典作品的膜拜,它使我们最初的阅读期待落空,因为我们无法把《剑扫风烟》或者《松山大战》与我们观念中的对文学文本的理解统一起来。于是你可以从很多非正式的场合下听到有人在直言不讳地表达着自己的不满足或失望之感。

在后来一个细雨霏霏的季节里,我读到了老段真实的"人本"。和很多人一样长时间地驻足于老段低湿的屋檐下和类似远

行色匆匆

古人类穴居的山洞前,听任内心里一种阔别已久的情感如熔浆般迸发(以往,太多的物质诱惑,已使我们丧失了某种激情和冲动)。老段平静而朴实地叙述《剑扫风烟》和《松山大战》的写作经历时,你没法保持他那样的平静。你觉得老段那种平静如水地面对苦难与贫困的人生态度确非一般人所能企及。在风起云涌的逐利族中老段恍若一个入定的老僧般无视身旁喧嚣和困顿,倾听着来自历史的回声。这使他格外令人注目、令人尊重。在如此真实而强烈的人本面前,你似乎开始知道如何阅读老段的文本了。老段文本与人本之间的张力使人误读老段。毋庸讳言,由于老段本身的局限,诸如文学视野的狭窄和文学素养的不足使他的文学操作难以完美地呈现他的人本世界,因而人们在阅读时极易无视他潜藏在并不精致甚至有点儿粗糙的文本之内的人本。比如作家对历史充满激情的关怀、人格尺度以及道德判断。事实上老段并不是一个热衷于制作精致的审美文本的写手,他似乎也无意于此。他只是想通过小说文本传达出他内心郁积多年的铭心刻骨的历史创痛。沉重的历史往事和急于唤起人们对那段历史回忆的冲动使他的笔端变得急促而有失从容,因而他无暇顾及文本的审美品格。这些决定了对老段的文本的解读必须从他的人本开始。只有通过他的人本你才可能真正进入他的文本,你才可能从他的文本中领悟到作家火一般炽烈的爱国热情和强大的人格魅力。你会想起许多"不合时宜"的正在被人遗忘的崇高而古老的哲学命题,比如人应该怎样活着,怎样善待生命。老段丰厚博大的人本世界其实已经超越了他的文本。很多人都是通过专题片"农民作家老段""东方之子"走进老段的文本或改变了对老段文本的看法的，因为电视媒介向人们提供了老段直观而真实的人本。

如今读者对大量流行的过分讲究技术制作的精致文本表现出难以遏制的厌倦之感，因为那里面你无法感受到真实的情感冲动，你无法通过这些制作精美的文本获得某种心灵的震撼和涤荡。老段的一系列文本却让人体验到一种超出文本之外的荡气回肠般的冲动。他仿佛在用沙哑粗犷并不甜美的嗓子唤醒人们对沉重历史的记忆。在这个激情正在消退，包装已成时尚的年代，《剑扫风烟》《松山大战》便显得格外珍贵。

其实，任何一种文本都是作者人本世界的局部或整体的折射与外化。从这个意义上讲，作家的艺术人格的崇高与否决定了文本品格的高下。比如人们吟诵了多少年感动了多少年的《茅屋为秋风所破歌》并非靠华丽而精致的文本取胜，相反人们透过它朴素的文本领略到诗人崇高的人格力量和博大的胸襟。

文本与人本的完美统一是几乎所有作家渴望达到而又难以企及的境界。我们期待老段最终能达到这种境界，但是现在我们对老段的最有效的解读，或许只能是从"人本"到"文本"。

1997 年

吟唱高原

——罗金荣红高原散文的启示

我们生活在一片广袤而起伏不定的高原之上,人们把这块令我们自卑也令我们自豪的高原叫作"红土高原"。然而这个被以红色冠名的高原似乎并不像我们所熟悉的别的高原那样更适宜于文学的生长。比如黄土高原,遮天蔽日的黄沙仍然掩不住站立在黄土高原上的一大群为世人所瞩目的作家们的身影,荒凉的高原景观与它仿佛森林般茂盛的作家群落构成强烈反差。或者像青藏高原那样,以其冠绝地球表面的神秘的高度使众多不乏才气的文人墨客们趋之若鹜(比如马原、马丽华等)。青藏高原也因此成为一块文学的圣地。相形之下,生活在这片红色高原的许多写作者们(他们实在缺乏称自己是作家的勇气)多少有些羞愧难当。

在我的印象里,只要红土高原的文人们聚集在一起,津津乐道不绝于耳的似乎都是关于红土高原独特多元而又魅力十足的地域文化。然而,使我们先前的自豪荡然无存的是:我们对高原历史或文化的书写与我们拥有的厚重诡谲、浆汁饱满的历史文化相比，多少显得有些苍白。尽管其间不乏力作，但毕竟稀如星风，颇有单兵作战之憾。

我常常在想：是不是我们对高原平面或写实式的书写影响了对这片高原的最本质的表达？细细想来，我们沿袭已久的写作路数其实是对历史或文化类书籍的文学式的重复与模仿。果真如此的话，倒不如索性静下心来做一些关于高原的历史和文化的整理发掘工作更为有益。其实文学所关注的更应该是一个地域或一个民族的精神历史或者心灵历史。这是任何一本历史类或文化类的书籍都不可能替代的。遗憾的是我们常常在做着诠释历史和文化的工作（当然这很可能也是文学的功能之一）。

在这里我非常愿意提起一个至少现在对我们多数人还是很陌生的名字——罗金荣。因为他的关于高原的散文创作除了使我激动之外，我觉得还多少为我们提供了一种可能——怎样切入和表达高原。对于这个至今未曾谋面、在昌宁温泉中学当校医的作者，我除了读过和编发过他的一些描绘高原的散文之外，其余一无所知。我所以强调"描绘"而不是"描述"，是因为他实在不是我们所熟悉的高原故事的讲述者。如果可以将我们司空见惯的写作者喻为写实派，那么罗金荣绝对是个印象派，因为在他的散文里你不可能发现完整或者有迹可循的高原故事。他总是使用一些具有浓烈色彩感和富于张力的语言涂抹出一幅幅高原的印象。"而今，虽然古道上那幅油画少了土匪那道风景，但道上被无数马蹄磨凹的巨石，那是马帮无声的倾诉，道旁一块块随处可拾的马骨，那是高原上一曲没有终结的乐章。""道上白骨累累，阴魂浩浩，只有高原的星星，才是妹妹的眼睛。"

行色匆匆

(《高原马帮》载于《保山日报·周末特刊》)高原赋予了他一种奇特怪异的想象,"十个太阳滚进村庄,天空好比一顶伟帐,一群豹子在空中如经卷展开。"(《走笔高原》载于《诗神》,1997年第6期)他是这样来描绘高原随处可见的斗牛的情景的。"斗啊,把力量一直深入到生命内部,让主人脸上荡漾着收获时一样的喜悦……高原上,除了人与自然的较量,更有生灵的较量,在生灵的搏击中,既有高原人,也有高原牛。"(《高原民俗》载于《散文百家》,1998年3月)

这个常年生活在滇西大山深处和高原的故事一起生长的男人,至今仍对他童年时喝羊奶的经历铭心刻骨:河干了,井枯了,可千百年来永不枯竭的是这具有草味、花味、土味的羊奶。"就让我喝下这羊奶,感受这不能翻译的美,像我的父亲,永远把根扎在风沙上、石缝中。"(《红高原关于羊的风景》,载于《保山日报·周末特刊》)罗金荣在一封并不算短的来信中动情地向我谈起了他小时候穿羊皮衣的经历,从他的散文里你可以感觉到羊皮衣在他心目中的神圣:"这是从羊身上剥下来,干后几乎没有加工的衣物,剪两孔即成衣,勒一带即作裤……这是和高原多么和谐的衣服,风撕不碎,沙刮不破,雨淋不湿,尽含红土的机缘。""让我穿上这皮衣,学会吃苦,学会忍耐;让我穿上这皮衣,尽显空灵和淡泊。"

很可能罗金荣和红土高原的多数男人一样,拙于言语,长于吟唱。叙述显然是他的弱项,他曾在一篇散文里试图讲一个有头有尾的祖父的故事和一个高原豪杰的故事,可是他的故事非常令人失望,因为故事里除了一些廉价的传奇色彩之外,没有那种对高原的激情澎湃的体验。循规蹈矩的语言使可能穿透故事的能指空间化为乌有。显然罗金荣并不是一个讲述高原故事的人，你别指望从他那里听到红土高原的故事。他只是一个红土高原的吟唱者而不是一个讲述者。在他的吟唱中你可以感受到一种看不见只能悟得出来的高原风景。"有天就有地，有我就有歌，哪怕歌被风风干，也要在红土中沉淀。""哪怕无人喝彩，无人鼓掌，狂舞的只有高原的沙，伴奏的只有高原的风……唱啊，把高原的苍凉和唱叹唱出来。"（《高原马帮·赴马调》，载于《保山日报·周末特刊》）

事实上，生活在红土高原的很多民族在他们没有文字之前，他们保存本民族历史的方式就是吟唱。或许他们更喜欢这种保存历史的方式。在吟唱中复活的历史肯定比文字记载的历史生动鲜活。

当然，罗金荣肯定还不是一个成熟的高原歌手，他对红土高原的描绘和体验多少显得有些封闭和自我重复，缺乏一种更为博大恢弘的襟怀，因而他的散文多少呈现出一种绚丽多彩的单一。

但是，他至少让我们知道体验高原的另一种方式：那就是放弃对高原历史、文化、风情的喋喋不休的讲述，而是将整个身躯伏在高原之上去触摸、体验、感受高原深处浑然而真实的律动。不试图去对高原进行写实式的表达，而是用心灵、用高原人被酒精浸泡过的嗓音去吟唱它。

我想这可能是罗金荣的价值和他所给予我们的启示。

1998 年

梦中的图画

　　故乡和童年是张德尧散文创作的基本母题。一个不乏阳刚之气的大男人心里却堆放着许多缠缠绵绵的故乡和童年的故事，你会觉得德尧这家伙有些蹊跷。可是当你读完了他发表在《保山报》副刊上的那些散文后，你又会觉得他的故乡他的童年确实有些不一般。我说的不一般是指他对故乡对童年的独特的理解和感受。这种理解和感受我想是来自于他内心对故乡对童年的深切的依恋。因而这个一米八的汉子似乎无法摆脱故乡和童年的困扰，总是在"梦的无垠的原野上寻觅故乡"，总是动情地回忆着那个"把赤条条的身子炸弹般投进湍急清亮的河里"的故乡少年(《梦银川》)，一遍遍地惦记着那个"脸上长着许多浅浅的白麻子""盛满了笑意和孤傲"的老师结婚了没有(《柿园之秋》)。

　　德尧的童年大概是不无苦涩的，否则我们无法理解贯穿于他的散文之中的挽歌色调。这其中似乎包含着一种创作上的必然选择。照我看来，德尧的选择基于这样的原因：童年的形象仍然温馨地留在他的心中,而他的童年恰恰在一个极不正常的年代,所有的天真与幻想全被现实压得严严实实,生活因严峻而无法给童年以光亮,于是童年只留下了忧伤的记忆。德尧并不愿意去重演这种童年的忧伤,但又不得不去重温它甚至咀嚼它、体味它,因为这重温而使他必得去追寻失去了的东西,并渴求得到心灵的补偿和慰藉。当然也正是因为有了重温的情感过程,才驱使德尧去用散文表现,才有了对童年的独特观照和童心的自我发现。因而不难理解作者在"山楂树又红了"的季节重又寻访知青故居去"重温着成熟的欢乐与苦涩,在远山浦染出晦暗或是鲜亮……"(《山楂树又红了》)。德尧是注定摆脱不了那个"每夜里用绿格纸和蓝墨水去写着一个或许永远也写不成的梦",以及"萤火虫提灯狂舞的夏夜"(《夏夜流萤》)的回忆的。作者的一段感慨大致可以作为上述推测的注脚:"那是少男少女的悸动,那是岁月刻写于人生的永世抹不去的梦中的图画呀!"(《山楂树又红了》)由沉重的回忆导致了散文的沉重并构成了德尧散文的个性和魅力。这种沉重又使作者不堪重负,于是作者盼望着"不想小说不想诗歌,既不为平庸遗憾,又不因深刻所累"(《自己的日子》)的日子。

有时候一种叙述方式就可以确定一个艺术世界的面貌,而换取一种叙述角度就可能改变原先平泛的主题构架,发现全新的人生景象。所以我认为德尧写故事写童年不过是选择了叙述方式上的童年角度,只要细心阅读便可以发现德尧散文中的故乡、童年其实并非实录,他糅进了许多想象的杂质,并使之弥漫着一种想象的童话的光泽。而作者,正是用这种光泽去返照童年的记忆，而使心灵重返精神的家园。

　　当然，由于过于沉湎于过去的回忆使得德尧的散文在一定程度上显得情致有余而意蕴欠丰，且于字里行间稍逊几分跌宕与洒脱——这，也许是对作者的一种苛责吧。

1995年

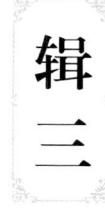

辑三

恐龙时代的目击者

在高黎贡山我不论看见什么,都觉得它充满含义。我觉得很难把这些含义转述给别人,很难描述或把它转换成语言。正因为如此,我才认为它所包含的意义十分重要,是对我也是对整个世界的提示或警告。讲述这些东西没有别的办法,只能通过一些迹象,你们一定能理解我的困难。

在高黎贡山,这个亚洲腹地的横断山脉中,生长着很多地球上最古老的植物,比如秃杉、铁杉、桫椤、长蕊木兰、水青树等。这些古老的孑遗植物犹如一部卷帙浩繁的历史册页,记载了很多只有上帝才会知道的事情。这些目睹了地球上亿万年"星移斗转"的故事的孑遗植物,它们是地球上唯一仅存的见证人,"阅尽沧桑"一词所指的全部。所谓"人类历史"在这些栖居在高黎贡山的孑遗植物面前,只是一个章节而已。人类在它们的注视下走出森林,然后成长壮大为地球上最庞大的群落。而这些像上帝一样阅历丰富的植物,却并没有在漫长的时间中变得壮大。相反它们的生存越发显得岌岌可危。在地球上这些古老的植物似乎永远保

行色匆匆

持着一种劫后余生的幸存者的形象,它们犹如一群幸存的"难民"躲避到地球上最隐秘的角落。怀着对以往劫难的记忆,在高黎贡山——这个地球上巨大的"避难所"里悄悄地生长。那些和它们同时代的生灵已经成为被人们称为"化石"的石头,比如恐龙。而它们还活着,幸耶?悲耶?没人知道。它们注定是地球上最孤独的植物。因为目睹了太多的地球上的沧桑巨变,科学家们喜欢将它们称为地球上"活着的化石"。然而,它们与沉睡在大地中的化石一样,也是一群缄默的化石。它们了解了太多的地球的秘密,如果它们能够开口,或许会使人类的很多所谓"科学"变得滑稽可笑。

在高黎贡山很多地方,我看到一种叫"桫椤"的植物。我第一次见到这种与"化石"同龄的孑遗植物时,我的感觉是:这是一种有着浓郁亚热带风格的植物。据说,这是一种"恐龙时代的植物"。在一些科幻作品的描述中,我们经常可以看到这种植物。高大的恐龙在"桫椤"树林里昂首阔步,不可一世。据说,约两亿年前,地球上最繁盛的植物就是桫椤,当时地球上到处生长着由桫椤组成的森林。桫椤使整个地球都呈现出一种亚热带的风光。在一本专业书籍里是这样描述这种古老的孑遗植物的:

桫椤科,桫椤属,渐危,国家一级保护植物。

乔木,树干高达6m,不具分枝,下部覆盖着交织的不定根。叶簇生于树干顶端,柄长30—40cm,具刺。叶片大,长1—2m,宽1m,三回羽状深裂,羽片长矩圆形。

分布于保山、腾冲。生于沟谷或阴湿的林下。

(《高黎贡山国家级保护区》,西南林学院等编)

在高黎贡山南段的龙陵县"一碗水"的地方，我看到一片茂盛的桫椤林。这是一种树形奇特很容易被误认为是"棕榈"的植物，树干粗大而表面粗糙，树身遍布棕色鳞片状，所有的叶片都集中在树干顶部，犹如一把伞那样向四周伸开。桫椤因形似蕨类植物，因而人们也将它称为"树蕨"。我没有发现这种历尽两亿年沧桑的植物与别的植物有什么特别不同的地方，它们似乎并不喜欢"独居"，在常绿阔叶林中与其他的树种生活在一起。此时，我看到存在于虚构的科幻片里的植物，在这里的大地上真实地生长，然而，没有恐龙从桫椤林里走过。我们没有见过两亿年前的地球是什么样，只有桫椤见过。可是桫椤除了在山风中随风挥舞外，它什么都不会告诉你。两亿年的阅历，足以使它有无数次成为植物中的"精怪"的时间。在这种谙熟生存韬略的植物精怪面前，人类显得太年轻了。

事实上，桫椤是一种很"世俗"的植物，它可以在人家的庭院里、在公园里生长。我想桫椤的这种"随遇而安"的性格或许是它能够在地球上存活两亿年的原因。在高黎贡山周边城市的公园里，已经开始出现国家一级保护植物桫椤的身影。这种地球上最古老的植物似乎轻易地就融入人类的世俗世界中。那些被移植到公园里的桫椤犹如一个历尽沧桑、韬光养晦的老人，默默地注视着人类在它身边散步，谈情说爱。不过我还是相信这些被移植的桫椤是不会真正加入到人类的日常生活里的，它永远只是一个缄默的旁观者，一个一言不发的见证人。

与桫椤的世故和"平民"形象相比，秃杉就显得有些桀骜不驯了，或许是由于它们之间"为树处世"风格的差异，这两个植物界的"同辈人"根本不相往来。与桫椤的生存环境相比,秃杉的生存环境要严峻得多,它一般生存在海拔1800—2800米的暖性针叶林中。这样的环境距离人类的世界较远,因而,这种地球上第三纪以前的残遗植物,比之桫椤似乎更多一些"神性",少一些"世俗"之气。秃杉的这种秉性使它的家族成员要比桫椤家族更为稀少。在高黎贡山秃杉并不是轻易就能见到的植物,它像一个居住在高处的树神。要瞻仰这个高黎贡山植物家族中的长者,这意味着你必须经过漫长的跋涉,犹如完成一个必需的仪式那样。

在高黎贡山的大塘,我曾经看到过一株隐匿在中山常绿阔叶林中的秃杉。据说,这种古老的植物常常"混迹"于中山常绿阔叶林中。植物书里将这样的现象称为"混交"。能从地球上两亿年"沧海桑田"的变迁(劫难)中全身而出,而且苟延残喘到今日,没有超常的智慧是绝对不可能的。桫椤也好,秃杉也好,它们都是高黎贡山植物家族中的智者(或者是最狡猾的植物)。它们深知"鹤立鸡群""超拔不群"在自然界往往意味着毁灭;隐身于平庸者之中,伪装平庸,这样就可以"苟全性命于乱世"。一个在地球上存在了两亿年的植物家族,它所积累的经验和智慧是非常可怕的。秃杉与桫椤的最高哲学是——生存。两亿多年的经历,使它们将这种"生存的哲学"玩弄到极致。

秃杉是植物家族中的巨人,树干高而笔直,叶子细圆,像一根细细的发辫那样呈螺旋状交织在一起。叶子的顶端是秃杉的黑色的果实,它们犹如一个个伫立在树枝上的昆虫。秃杉树下杂草蔓生。长期研究高黎贡山的学者赵晓东告诉我,秃杉树下的草本植物，一般都是鳞毛蕨、楼梯草、翠云草等。秃杉的木质是褐红色的，木质细腻而且极为耐腐，是造船、建盖寺庙最好的木材。赵晓东说，在林中因枯死而倾倒的秃杉可以经久不腐，而且不论过多少年，倾倒在地上的秃杉只见苔藓密布而未见真菌生长，即使表面腐烂，内部的材质仍然坚硬如初。当地民间有"水500年，干500年不坏"的说法。现在，我看到的这株高大笔直的秃杉，犹如大地之神一样屹立在海拔2500米的山谷里。也许是目睹了地球上太多的生死枯荣，它的目光似乎像岩石那般严峻。

有关书籍里是这样叙述这种地球上最古老的植物的：

> 秃杉是我国重要的珍稀树种，是第三纪以前的残遗植物，被列为国家一级保护植物。分布区局限，资源稀少，主要分布于高黎贡山……
>
> 杉科，台湾杉属，乔木，高达75m，稀有。分布于腾冲。生于海拔1700—2800m混交林中。
>
> （《高黎贡山国家级保护区》，西南林学院等编）

犹如大地、山河一样古老的秃杉与桫椤，它们与人类的关系有着很大的差别。如果说人类与桫椤的关系是亲密的、平等的。人类将这种古老的植物视为朋友，如同情人在棕榈树下谈情说爱一样，桫椤通常置身于人类世俗世界之中，人们可以像老朋友那样抚摸着它粗糙的树干，"这就是树蕨？"而秃杉却以自然神祇的形象出现，它和人类的关系犹如人与神那样，不是平等的，而是崇拜与被崇拜，仰视与俯视的关系。因而它通常置身于与人类宗教有关的环境中。这种古老的孑遗植物成为一种自然之神的象征。

在高黎贡山西麓的腾冲小西乡罗绮坪村的一个观音寺内，我看到一株被当地村民称为"秃杉王"的树神。据说，唐南诏白蛮王驻腾越时这株秃杉就已经存在了，如此推算，这株秃杉在大地上已经站立了至少一千多年。至于它脚下的大地成了"罗绮坪村"以及观音寺的出现，都是后来的事了。我不知道，这个叫"罗绮坪"的村庄的出现是否与秃杉王有关，但是我想，观音寺的建造肯定与这株秃杉有关。秃杉王身上肯定记载着关于这个乡村的历史，只是这样的历史我们是看不到的。

这株秃杉高约22米，胸径约3米。光秃的树顶使它犹如一个"秃顶"的老人那样老态龙钟，这也与它的命名显得非常契合。这株秃杉在它的"肩部"伸出一片巨大而茂密的树冠，这使树下的观音寺的院子几乎完全覆盖在秃杉的荫影中。据当地村民说，秃杉王的树冠冠幅南北长30米，东西宽11米。秃杉王树干基部有一个约4米的空洞，空洞之内塑有老君神像。于是"秃杉王"成了一个"胸中有佛"的树神。我看到秃杉王的"身体"下面永远有袅袅的香烟升起，然后在树干上缭绕消散。在罗绮坪村，秃杉王是一个真实可感的神祇，它才是罗绮坪村观音寺里的大神。

在腾冲和顺侨乡鳌山魁阁内，有两株并列生长的古秃杉，一株高约21米，胸径130厘米；另一株高约19米，胸径93厘米。据有关部门测定，两株秃杉树龄约六百年。古阁之内的两株秃杉并未显出任何衰老的迹象，而在两株秃杉繁茂的树冠之下的建筑却显得一身沧桑，一派垂垂老矣之相。古阁之中最有意味的故事，其实与这两株秃杉有关。据当地史志记载，民国年间，曾有当地豪强欲砍伐这两株秃杉，和顺乡民像捍卫神那样捍卫秃杉。终于使两株秃杉幸免于难。事后，当时任云南第一殖边督办的李曰垓亲题《双杉行》护树诗一首，并刻石立碑于古阁之内。我相信，这是中国诗歌史上唯一的一首关于秃杉的诗歌。

> 石头山中石磊硌，绿阴稠处翳魁阁。
> 双杉亭岢摩穹苍，下视万木尽丛薄。
> 根柢曾不阶尺土，莘角罅隙自盘错。
> 大身欲蔽栎社牛，高柯早谢榆枋莺。
> 未碍中空历劫火，宁复外荡害衡枃。
> 黄耇已不知其年，但云此树今如昨。
> 儿时已经出林表，老来更觉气磅礴。
> 吾乡旧是阳温登，六百年中混沌凿。
> 人民非欤累累冢，几曾华表见归鹤。
> 双杉独尽其天年，饱经沧桑迄自若。
> 地望遥瞻如揭橥，堪与盛言是锁钥。
> 杉其神乎庇吾乡，何居斧斤纵欲虐？
> 自今愿与父老约，维护当援人命律，
> 有敢伐者头可斫。

作为和顺乡人的李曰垓在外做官多年，对于生长在故乡的两株秃杉仍然一往情深。一个中国近代史上的名人,《大众哲学》的作者艾思奇的父亲,他也相信秃杉像神一样庇护着他的家乡,甚至不惜用杀人偿命的法律来维护生长在故乡的秃杉。"有敢伐者头可斫",身为云南第一殖边督办的李曰垓,他的话自然就是法律。此后,肯定无人再敢以身试法了。

与那些隐匿于高黎贡山"高处"的秃杉不同,这两株栖居于"人的世界"里的秃杉与人类所发生的故事,在这个地球上的孑遗植物家族中可能是绝无仅有的。当我们热衷于在想象中虚构恐龙——这种早已在地球上消失的动物时,与恐龙同时代的桫椤、秃杉却仍然在高黎贡山沉默地存在着。如今它们开始被移植在城市的园林里,作为人类重视自然的标志。它们现在的保护级别已经相当显赫。然而,这或许恰恰证明,它们的处境已经很不乐观。我不知道它们会不会在人们的保护中像它们的同伴恐龙那样消失。

2002 年

小平河

——上帝的花园

遥远的南方丝绸之路并不是一成不变的，如同现在的公路一样，它总是处于不断的修正之中。新的道路诞生之后，旧的道路便渐渐死去，和道路一起死去的还有沿途的驿站。高黎贡山腹地里的小平河驿站就是一个在道路的追逐中被遗弃了的村落。

2000年6月26日，我们在雨中向小平河走去。我们从大蒿坪——这个小平河迁徙之后重又形成的驿站出发，因而我们很像一种走向历史深处的旅行。抵达小平河的道路是从村后开始的。后来的驿站与废弃的驿站之间仍然通过道路保持着某种联系。雨水使大蒿坪以及远远近近的森林都升起白色的雾气，这不是那种诗人笔下朦胧隐约使人遐想的雾，而是那种遮盖一切的浓雾。几米之外一无所见。大蒿坪人说这里的雨季或者冬季都会被大雾笼罩。他们劝我们放弃小平河之行。他们说，那里的雾更大，你们什么也看不见；天晴的时候，在风吹坡看风景才好看。

行色匆匆

道路仍然保存得相当完好，除了个别地段稍有塌陷之外，其余地段都保持着七尺官道的样子。到了"二台坪"之后，树木身上开始出现犹如老人胡须般长长的树衣。雨水从树叶的缝隙中滴落下来，它不是直接从天上滴落下来，而是在叶片上积攒到一定数量后再滴落下来，在我们的伞上发出很响的声音。四五把伞一起发出节奏不一的声音。你可以看到雾是怎样从道路边的峡谷中升起的。它像火烟那样缓慢地升起然后向四周弥漫，在我们的脚下弥漫。我的衣服表面出现了一些细小的水滴，那是雾气以另一种形式在我的衣服上出现。"风吹坡"之后道路越发陡峻。高黎贡山自然保护处大蒿坪管理站站长杨明伟说如果是天晴，这里是看风景的最好的地方。现在，除了雾之外什么也看不见。

道路开始变得平缓时，树林也开始稀疏起来。即使在雾中仍能看到这是一片开阔地带。古道上覆盖着一层松软的野草，草丛中偶尔露出斑驳的石头的颜色和道路的轮廓。草丛上面积满了水，行走的脚步于是充满了水的声音。开阔地的面积很大，以致你以为在一片平地上行走。一条溪流将开阔地分成两片，这条溪流就是小平河。小平河两旁是大片的沼泽地。杨站长说这里原来是小平河人种的地，驿站废弃之后无人耕种，河水也无人疏通便向两边漫溢，日子久了，就成了沼泽地了。

古道向一片断壁颓垣伸去，此刻这片笼罩在大雾中的黑色的石头就是当年繁荣而喧闹的小平河驿站。断壁残垣仍保持着驿道当年的格局，即使在雾中你仍可以看出这是一个布局整齐的驿站。小平河从寨子中间流过，在雨中，平缓的河面升起袅袅的水汽。道路两边已成为杂草丛生的沼泽地，但道路仍没有陷落，它像一条田埂那样通过沼泽。古道两旁仍有排列整齐而残缺的墙基，这是当年的马店和客栈。现在有很多蕨类植物和藤蔓在废墟上生长。四周是犹如城墙一样的森林。当然它只是一个比喻而已，事实是它不可能具有"城墙"的作用，野兽或是强人常常就隐匿在这样的"城墙"中。当年的石桥仍在，那是由三块青石板铺成的小桥。小桥旁边是一堵高大的石墙，可能是房屋的山墙。石墙上面生长着暗黑的苔藓和杂草。有人在这堵高大的山墙四周用树杈围成一块空地养牛。当年的小平河人（如今的大蒿坪人）并没有完全遗忘这片他们生活过的地方，他们常常沿着古道来到这里采猪草，或是放牛。他们能准确地知道哪一座废墟曾经是自己的家，或者他就在哪一座废墟里诞生，这里会使他们想起很多与自己家族历史有关的故事。被大雾掩盖的森林里传出悬挂在牛脖子上的铃铛声，和放牛人吆喝的声音。由于雾气过于浓密，我们无法毫无障碍地看清小平河驿站的全貌。然而，你仍然可以想象这是一个相当具有诗意的驿站。在原始森林深处，居住着一个小小的村落，一条永远清澈的小溪从他们中间流过，他们就在这条小溪旁洗衣、洗菜或者洗澡。每天都有马帮、神情疲惫的行人从密林中出来，在这片隐匿在森林中的村落里住下，然后又在密林中消失。他们并不因为居住在原始森林中而显得闭塞，道路上络绎不绝的人群会给他们提供外面世界的消息。外面的世界并不知道他们，可是他们却知道外面世界的所有事情。他们在一个世界之外的地方，谈情说爱，生儿育女。对于我们现在，这一切，犹如一个童话故事那样充满了虚构的色彩。大地上残留的石头，是这个童话世界曾经存在的唯一证明。

我看见大雾从沼泽地升起，从远处的森林中升起。人的退却，使这个曾经繁荣的驿站迅速倒退，它此时呈现的景象犹如远古人类的遗迹。事实上它是在1953年保腾公路通车后才被遗弃的，迄今为止还不到50年时间。从小平河废墟上穿过的古道依然保存完好，你可以看见曲折的古道在雾中向林子深处延伸。只要沿着这条古道仍然可以抵达怒江峡谷的坝湾乡。可是现在不会有人走了。这是一条废弃得相当彻底的道路。

大蒿坪保护站站长杨明伟在春天到过小平河，他说春天的小平河的景致非常美丽。沼泽地上开满了鲜花，周围的森林里盛开着杜鹃花、山茶花、马樱花还有很多他叫不出名字的野花。其实大地中隐匿着很多像小平河这样的"上帝的花园"，它们并不是为人类准备的。人类总是喜欢将自然景观搬到城市里。在高大的水泥建筑中辟出一块空地，用来安放在自然界生长的鲜花。我们对"花园"一词的理解，大多来自于这类模拟自然的东西。其实真正的"花园"应该是小平河这样的地方。可惜，我不是在春天抵达小平河。我想我应该在春天的时候再去一次小平河，去看看"上帝的花园"与人工的花园有着怎样的巨大的差别。

2001年

江 苴
——凝固在时间岁月里的驿站

翻越高黎贡山之后,再沿着一个陡峭的峡谷西下,经过一片水草丰美的田野,便可抵达高黎贡山西坡的第一个驿站——江苴。驿站犹如系在长长的绳子上的结,漫长的古道上有很多这样的"结"。在道路衰落之后,有很多原来道路上的"结"依然在延续着自己的历史。

我们是在一个雨夜抵达江苴的。连绵的雨水使通往这个古老驿站的道路泥泞不堪。烂泥巴路在进入江苴后由于牛马和人的踩踏变得更加泥泞难行。在黑暗中我无法看清这个古老的驿站。在经过一片如同沼泽地般的道路之后,我们踏上一条被房屋里微弱的灯火照到的街道。在一间昏暗的杂货铺里,保护处的赵处长给我们一人买了一只手电筒。因而我们此时所看到的江苴,来自于各人手电筒所照着的地方。我相信此时各人对江苴的最初的印象有着很大的差别。街道的中间是凸起的石板,两边是用石头砌成。一条小河在道路边流淌。黑夜中你可以听

行色匆匆

到河水流动的声音。在蜿蜒的街道上不时出现一两家杂货铺，昏暗的灯光使道路上的石头发出湿漉漉的反光。这条道路就是被称为"南方丝绸之路"的古道。在这里它更应该是一条"街道"，人们将它称作"江苴街"。沿街而筑的整齐而高矮一致的房屋的阴影随着道路而起伏。它的陈旧与苍老即便在夜里仍然可以感受到。此时，我们像一群行走在小说或电影里的"旧世界"里的人。手电筒发出的光束在古老的房屋和街道上迅速地晃动。

江苴是我所见到过的保存最为完好的古驿站，犹如被凝固了一样依然保持着原来的样子，铺着青石板的道路在古朴的房屋中显得悠长而苍凉。这是一种具有明清建筑风格的民居，当地人叫"高脚楼"。据说这种房屋的楼底高度是一丈二尺，上面的楼高六尺；楼底是铺面，用来做生意，人则住在楼上。江苴的房屋并不显得特别的陈旧，可能是这种穿斗式的木结构房便于维修。整个江苴街没有外面世界里遍地都是的水泥房子，因而它的风格显得特别统一和谐。有人告诉我，江苴驿站分为正街与背街。从前白天在正街赶集，夜晚则在背街做生意。只是我不知道，背街的生意与正街的生意是否一致？人们坐在自家门前像从前那样注视着每一个从古道走过的人，马匹仍然不时从青石板上走过，这让人觉得驿站的历史并没有结束。驿站的居民并没有因为道路的衰落而忽略了对马的感情，他们依然保持着养马的习惯，上山驮柴、驮肥料、驮庄稼都是用马，人悠闲地走在马后面。据说，有的江苴人还教马犁田。

村头有一巨石，上有一凹陷的洞，据说洞内常年积水，从不干涸，江苴人叫"插旗石"。关于插旗石的来历，我先后听到了好几种截然不同的版本。

我像一个无所事事的旅游者那样在细雨中的江苴街漫游。我看见在一间房屋下面，一个老妇人在念书，另一个老妇人坐在旁边听。老人念书的声音相当响亮。可能是我裹足不前的样子引起了念书的老妇人的注意，她主动和我说起话来。老人念的是一本木刻本的线装书，书名是《王化买亲大孝记》，这是一种从前民间印刷的书。那个听书的老妇人说，下雨什么也做不成，就过来听书。念书的老人叫唐印宝，77 岁。她说她是日本人来的那一年，跟随父母来到江苴避难的，后来便在江苴定居。现在子女都出去工作了，就她一个守着房子。我看见铺台放着各种各样的鞋子，唐印宝老人说这是寿鞋，是给死人穿的，人是不能赤着脚去见阎王的，一定要穿着鞋子去。然后，她告诉我，哪双是男寿鞋，哪双又是女寿鞋。上面一律都绣着很精致的花样。老人说这一带人们都跟她买寿鞋，一双卖五块钱。我离开时，两个老人又开始了被我中断的活动，我身后的古道上又响起老人响亮的念书声。

江苴村头是一片新辟出的集市，人们在那里建了一些简易的铺面。江苴供销社门上悬挂着一个木牌，上面写着：江苴购物中心。里面除了农具之外就是一些牙膏、毛巾之类的日用品。集市上不时有中巴车驶入。当地人告诉我们，最近刚修通一条新公路，只需要五十分钟就可以抵达县城。距离的缩短，会不会使这个犹如被岁月凝固的驿站因此而"解冻"？让江苴成为

行色匆匆

当地的"四方街"是我所听到的最广泛的说法。这是我们这个时代最盛行的思维。我不想简单地评价这种思维会导致的结果。作为一种存在,它当然有它现实的或功利的合理性。

2001 年

罗岷山古道

在澜沧江西岸与博南山隔江耸峙的危崖就是罗岷山。与道路一起逶迤的风景是云南山区最常见的梯田。红色的泥土被长满杂草的田埂隔开,山坡上于是便出现了很多不规则的红色方块。这样的风景在云南摄影家的照片中屡见不鲜。红色的方块之间是一丛一丛的仙人掌、龙舌兰,没有树林。

道路的陡立来得很突然,几乎没有一点点过渡就出现在你的眼前。你看见道路一直向上延伸到一个峡谷的高处,有涧水从峡谷高处泻下,一直泻入峡底的澜沧江里。当地人说,这只是一条季节河,到了干天就没有水了,只剩下河床里的像房子那样巨大的石头。现在,我在河谷的底部,道路在河谷中蜿蜒一直到河的顶端。我此刻的海拔是1000米,河谷的顶端的海拔是1900米。两者的差别是900米。如果是平地,900米根本不是什么距离,散步都不够,可是在如此陡峭的悬崖上就大大地不一样了。一些地方志书里,对这条古道的记载是"云梯路"。当地人叫这条古道"水石坎",可能是因为它始终与水石并行。

由于峡谷的限制,道路不像博南山那样曲折。沿着峡谷右侧的悬崖，蜿蜒直上，犹如一架放置在悬崖上的梯子。随着高度的缓慢上升，身下的悬崖越发显得深不可测。峡底布满了巨大的石头。这些石头并不是从上游冲下来的，而是原在的，只是河水的冲刷使它从大地中显露出来。它的巨大使河水无法推动它，于是河水就在石头之间迂回而下。黯淡的石头与闪亮的河水使此刻的风景有些生动。峡谷中最有生机的是峡底，那里生长着一些低矮的小树和杂草，在石头上变得粉碎的浪花就落到树与草上面。峡谷的荒凉随着海拔的上升而上升，道路周围除了一些矮小的灌木之外，就是和道路一样的石头。在这样的地方行走，心情有些压抑，它容易让人产生和死亡、苍凉有关的联想。

　　道路的石头上面布满了深浅不一的马蹄印，与我同行的李明智说，这里坡陡，马走得吃力，所以马蹄印就比较明显。雨后，深浅不一的马蹄印上都积满了水，犹如许多盛满了水的碗放置在道路上。最深的"碗"可以容纳一个拳头。我将拳头放到一个最深的"碗"里，我此刻的企图是想去"抚摸"凝固在蹄印里的"时间"，结果我只"抚摸"到一个坑，一个石头上面的"坑"。

　　我在道路上看到一块刻有棋盘的石头，那是一块平整的可以容纳一个棋盘的石头。棋盘的凿痕很深。石头上刻的是一种曾广泛流行于民间的五子棋的棋盘，它的规则类似于围棋，但是要简单得多。围棋是深山里的"隐士"们玩的，赶马人不喜欢这样繁杂的贵族游戏。他们只喜欢可以在短暂的时间里结束的简单的游戏。陡峭的道路很容易使人感到疲劳，赶马人也一样，因而歇气是经常的。眼前看惯了的风景，对赶马人毫无吸引力，于是他们在石头上刻一个棋盘，从路边捡几个分别代表下棋双方的石子或木屑，就开始对弈了。也许一盘未完他们就被马锅头吆喝着上路了，输的一方会将棋盘上的石子和木屑一脚踢进路边的峡谷里，心怀不服地上路。没有人知道，石头上的棋盘是什么时候刻上去的，谁刻上去的。我相信这是一个热爱下棋的赶马人的作品，他肯定常年在这条道上奔走。因而他刻棋盘的目的是为了自己再次经过时，不至于太无事可干。此时古道所呈现给我的只是一个结局，它的过程藏匿在岁月里了。因而，我可以在事件发生的地点，推测导致事件结局的各种可能性。

沿着峡谷边缘的道路是在一面绝壁前停止的。这是峡谷最狭窄的地方，道路必须越过河流到对面的山崖。河与道路交叉的地方，即徐霞客提到的"栈木横空度"的地方。据说这里曾经有过一座造型别致的石拱桥，前几年才被一场大水卷走。因而我只能根据目击者的叙述来想象这座已经不存在的石桥。徐霞客没有见过这座桥，他当时走的是栈木（木头搭的便桥）。现在，石拱桥已经成为峡底河床中的石头，河中只余丈高巨石，行人只能脱鞋涉水而过。事实上脱鞋只是我们的习惯，我看到一些当地人根本就不脱鞋，直接从河水中趟过。等攀到山顶鞋也就差不多干了。河对岸有一块巨大无比的岩石构成的绝壁，它不是直立的，而是向道路突出、倾斜，它的阴影遮盖了全部的道路，一直要走很远才能走出它的阴影。绝壁上是李根源题写的"罗岷"二字，下面的落款是"李根源题于壬子正月"。

在水石坎的终点,峡谷中的澜沧江已成一条细线,此刻你已经来到河流的顶端,河水从你的脚下泻入峡谷。河水是在进入峡谷后才发出声音的,此前它只是一条静静流淌的小河。

2001年

即将终结的古道

如果你是一个古代的商贾，当你驱赶着马帮和带着旅途的寂寞来到博南古道时，你实际上已经快要临近南方丝绸之路国内段的终点了。当然对于这条中国最古老的"国际通道"来说，它真正的终点应该在印度、西亚、东南亚甚至通过海路到达的欧洲和非洲。如果这样来计算的话，这将是一条可以无限延长的没有终点的道路。事实上中国民间的商贾真正到达印度的极少，他们最多到达永昌和腾越，与等待在那里的商人交换货物，至多抵达缅甸。作为中国的南方丝绸之路，它的终点当然应该在国内，因为在异国延伸的"南方丝绸之路"只能算是借道，已经不能算是真正的中国南方丝绸之路了。

如果在"灵关道"或者在"五尺道"上，你还只能怀着对古道终点的想象行走，那么在"博南道"上，你实际已经可以眺望古道的终点了。因为只要踏上博南古道，就意味着你已经行走在南方丝绸之路中国境内的最后一段。南方丝绸之路的主道"东道"（南夷道）和"西道"（西夷道）以及各条干道、支道此

行色匆匆

刻统统像河流一样汇聚至博南古道上，博南古道于是变成一条相当宽阔的河流。"十里一哨，五里一堡"，是许多当年在古道上行走过的人们的记忆。我曾经多次在那段古道上行走过，每走过一段距离，古道边就会出现一截被风雨侵蚀得残破不堪的断壁颓垣。这类景观使古道充满了岁月沧桑的意味。2000 年 5 月，我因为写作而重走这条古道时，请了一位当年的赶马人与我同行。这是个左手有着六个指头的老人。在行走中我发现，几乎每一处在古道旁残留的遗址，都可以唤起老人一段相当动人的回忆，一处遗址就是一个漫长的故事。对于当年在古道上行走的商人、旅行者而言，道路旁简陋的驿站是帮助他们找到"家"的感觉的地方。遥远而艰难的行走，"家"是所有在古道上行走的人内心里最温馨最缠绵的字眼。如今它们已成为一堆高原大地上的长满苔藓的石头。记载在那些苔藓下面的故事已经模糊不清了。对于那些曾经在这堆废弃的遗址里享受过旅途温馨的幸存的老人，他们注视古道边残留的"石头"的态度就不会像我这样漠然，因为这些故事和他有关，和他们有关。此刻我身边的保山市水寨乡平坡村的 65 岁的李光禄老人，就是一个和这些"石头"的故事有关的老人。

从成都出发的南方丝绸之路，在云南横断山脉的高山峡谷中经过漫长的蜿蜒之后，终于抵达博南古道与永昌古道。（"博南道"其实也属于广义的"永昌道"，因博南属永昌郡辖地。只因古道经过博南山，故名。）此时这条著名的南方丝绸之路无论在时间上抑或是空间上都处于"黄昏"时分了，它已经进入了国内的最后一段。古道的终点不再像出发时那样遥远而不可企及，它甚至已经可以"眺望"。（如果你的目标是缅甸或印度那就另当别论。）假如有人能够走完这条漫长古道的全程，他肯定会发现，这条中国最古老的道路，在它将要步入异国时，它的步履似乎格外的沉重与蹒跚。在云南的高原之上，所谓"眺望"是最靠不住的，从大理古城至永平杉阳的道路，对于那些从金沙江（灵关道），或者是从乌蒙山（五尺道）而来的马帮，无疑是一条"坦途"。然而当他们开始翻越博南山的时候，这些沉浸在对道路终点"眺望"的人们就会发现，还有三条颇有来历的大江，澜沧江、怒江、龙川江以及近在咫尺的罗岷山、远处的高黎贡山和许多有名与无名的山，等待着他们用脚步去丈量。在云南高原，山原本就是一种相当普遍的存在。这些著名的和不太著名的山川河流的阻碍，使原本艰难险阻的"蜀滇身毒道"变得更加曲折坎坷。在临近终点的最后的道路上，突然出现一大段前所未有的曲折，这和人生的旅途有些类似。不过，当你从澜沧江著名的古渡口"兰津渡"走过时，博南古道便留在了你的身后，你怀着对它的记忆行走在新的道路上，这条道路叫"永昌道"。道路遥远的终点就这样通过不同称谓的道路，一点一点地接近，直至抵达。

　　古道与河流有很多类似的地方，永昌道从高峻的罗岷山像河流一样淌入宽阔的保山（永昌）坝子后，就开始有了不同的方向。目标当然只有一个——印度。此后南方丝绸之路像河流般进入异国他乡：一条西经蒲缥、潞江，过惠仁桥，翻高黎贡山，越龙川江入腾冲，再向西南经梁河、旧城、盈江进入缅甸八莫，沿伊洛瓦底江向南出海。这是一条史家公认的古"蜀滇身毒道"

的主道,著名的蜀布、邛竹杖就是沿着这条古道输入身毒(印度)及大夏的。

一条经怒江双虹桥越过高黎贡山经固东、古永至缅甸密支那北上印度,或沿伊洛瓦底江经曼德勒南下出海,最终到达欧洲、非洲诸国。

一条经惠仁桥镇安、芒市、畹町入缅。

事实上,"永昌道"并不是像我在上面标示的那样简洁,有很多逸出史册和地图之外的民间古道,如蛛网般散布在这片共和国版图的最后的土地上。这条道路的历史实在是太漫长了,人们有充足的时间用脚板制造出许多更为直接的便道、捷径。在古道上采访时,会有一些上年纪的赶马人告诉你,他曾经走过一条从哪里到哪里的"马"路,言辞间颇有些得意,因为那是一条只有"资深"的赶马人才知道的路。

我的古道之行的始发地是博南道古镇杉阳至永昌道。可是面对如同河流般纵横交错的古道,我真的感到有些力不从心。我不知道我能否像古代那些终年行走在古道上的赶马人那样最终抵达终点?

2001年

博南古道上的占卦者

在杉阳的特殊经历,是我与一个在博南古道流浪的占卦老人的相遇。我与占卦者的相遇非常偶然,我是在对古道东张西望时发现他的存在的。他独自坐在一个灰暗的屋檐下面。老人此时凝视的表情与身后苍老的房屋非常和谐,他衰老的面貌,使我误以为这是一个洞悉杉阳古镇全部沧桑的老人。这样的老人很可能就是一本岁月之书,只是它很多时候是关闭着的。于是我与老人的交谈,便在我显得过于殷勤的递烟之后开始了。老人浓重的四川口音,令我有些失望。他说他姓刘,老家在四川江津,到杉阳已经两年了。老人似乎对我始终保持着一种陌生人的警惕或者敌意。在一个举目无亲的地方,突然遭遇一个素不相识的人的热情,总是令人起疑的。因而我和老人一开始的谈话,不断地陷入一种心照不宣的沉默中。他甚至拒绝我递给他的烟。从身后污秽不堪的包里掏出不带过滤嘴的春城烟,自己抽起来,目光仍注视着石板路上偶尔路过的行人,只用余光悄悄地看我。老人此时的意图非常明显,我当然只有离开了。

行色匆匆

与这个老人的邂逅结束之后，我很快又开始了我对古道的采访。其实这样的老人在中国每一个城市的角落都有。仅仅是因为他坐在古镇的道路上才引起了我的注意。

老人的身世是与我同行的李光禄老人告诉我的，他说这个老人有70多岁了，现在靠在街边为人占卦为生，到杉阳有两年多了。对于我此时的提问，李光禄老人说他也不知道。他只是感慨"这么大把年纪了还跑出来淘生活"。于是这个流浪博南古道的老人又一次引起了我的兴趣。在李光禄老人的指引下，我来到了这个占卦老人的住处。老人住在距农贸市场不远的一间简陋而阴湿的铺面屋里，屋里的陈设简单而凌乱：一张铺着草席的床和一张布满凿痕的摇晃不已的学生课桌，墙上和桌子上放着几件能充分显示职业特点的器具。老人对我的再次出现有些惊讶，可是全然没有了当时的戒备。当他从李光禄老人口里知道了我的来意和身份后，他笑了。他说我又不是本地人，你应该问他。老人似乎总是有意无意地回避着他自己的故事，每当叙述到他的"现在"时，他便用不着边际的感叹来中断他的叙述，"没得办法，生活所迫哟"。不过从他断断续续的叙述中，我还是知道了他年轻时曾到古道上扛过盐包，还跟着马帮到缅甸八莫驮过洋纱。他说那时他从四川到云南"全过脚走，哪里有现在方便"。

这个年轻时曾在古道上奔走的老人，在他72岁后又沿着当年走过的古道来到杉阳。当然这次是坐车来的，当年的古道现在已经没有人走了。况且"人老了，脚劲不行了。现在哪个还走路？"老人的经历就这样通过他零零碎碎的叙述逐渐完整。

老人叫刘加云，74 岁。1997 年老伴去世后，儿子又因盗窃判刑，儿媳妇也跟人跑了，他便从四川一路流浪到云南。"算了，不提那些伤心事了。"老人表情痛苦地结束了他对往事的叙述。老人不是直接来到杉阳的，而是经过一段漫长而悲惨的流浪之后才抵达杉阳的。我想在古道上的流浪，肯定是他一生中最惨痛的经历。这样的经历是很难言说的。因而多数时候，老人总是对这一段经历保持缄默。总之，从此他成了一个占卦者，因为他找不到比这个更适合他的职业了。每逢街天，总会有一些朴实而虔诚的山里人来请他占卜吉凶。他也总是令这些山里人满意地离开。收费不高，占一卦 2 元。有时他也会越过博南山到平坡或者水寨，为人家做些请神驱鬼的事。如今这个在古道上流浪的老人就靠这个与古道一样古老的职业度过他的晚年。对于将来，他偶尔也想一想，不过他已经 74 岁了，他的"将来"已极其有限。他说如果以后能攒下点钱，他想为死去的老伴修一座好一点的墓。他的老伴奔波了一辈子，到死的时候连一件好一点的衣服都没有。老人在诉说他的理想时，显得相当缺乏信心。这可能是老人最后的也是唯一的"理想"了，只是我怀疑即使他攒够了可以为死去的老伴修一座坟的钱，他能否再经受一次漫长的流浪或颠簸，回到故乡去实现他最后的理想？很可能这是一个已经不可能成为现实的"永远的"的理想了。毕竟他已经 74 岁了。他佝偻的身躯显然已不适应古道上的流浪生涯了。在谈话中，我发现老人对故乡的态度非常冷漠。他几乎绝口不提他的四川老家。对于老家，他说过的唯一的一句话是："那种鬼地方"。

　　故乡肯定是一个让老人彻底绝望的地方，否则老人不会在本

行色匆匆

该叶落归根的年龄,到遥远的异乡漂泊流浪。对于我们很多人来说,家是最后的归宿,是每一个人生命的起点与终点。你的一生可以迁移到很多地方,可是无论你迁移到什么地方,你都和家在一起。年轻时,你可以四处飘荡浪迹天涯;老了,就回家安度晚年直至生命结束。然而此刻,我眼前的这个老人的生命轨迹,却和我们大多数人相反。老了,他却沿着一条离家越来越远的古道,开始了他一生中的最后一次流浪。据说丧失家园感的人,他的内心将永远处于一种流浪的状态。因而老人的流浪是一种身体和内心都处于流浪状态的"流浪"。或许老人流浪的目的,是要寻找一个可以栖息的"家",可是这种寻找,对于他来说已经太晚了,因为他实在太老了。其实老人已经为自己黯淡的晚年占了一卦了:"哪里死就哪里埋。"

我想:这或许是老人成为一名占卦者以来的最准确的一卦。在朴实的古道山民眼中,这个洞悉别人的命运的老人,其实他真正洞悉的只是他自己的命运。

对于我要为他拍照的想法,老人断然拒绝了。他说你不要给我找麻烦。他此时的表情甚至有些愤怒。他并不是一个货真价实的占卦者,这一点他比所有的人都清楚。"找碗饭吃",他是这样评价自己正在从事的职业的。

我不知道究竟是什么在召唤着老人,使他在晚年的时候,又仿佛宿命般地离开他的家乡,回到他其实已经印象模糊的博南古道,并将在古道上永远地结束他的流浪。博南古道对于他到底是一种什么样的宿命?

2001 年

驿道上的民间手艺人

在高黎贡山西麓的界头乡使我印象深刻的是它的"汉化"的彻底和纯粹。它的建筑、风俗以及文化都有着相当醇正的汉文化意味。元、明以来大量的中原人群从道路涌来,即使在数量上也远远超过了居住在高黎贡山西麓的土著人口。据《腾越厅志》载:当时全厅有屯田43个,其中有16个屯设在腾冲北部。这些来自汉文化发祥地的人群,将他们原来的一切"复制"在这片土著们居住的土地上,并且一代代沿袭着他们原来的传统。于是外来文化成了这片蛮荒的夷地的"主流文化"。当地土著们在如此强大的外来文化的强迫下,大多选择了迁移。他们从世代生活的土地消失,和他们一起消失的还有他们的文化、习俗。除了一些即将没入大地的遗迹之外,这些曾在这片土地上生活过的土著民族几乎没有留下一点踪迹。以致很多年后,界头成了一块中原文化的"缩写本"。由于地理上的原因和自身文化的优越感,他们很少与外部的异种文化交流。因而他们的文化一直处于某种"凝固"状态中。一直到现在,界头民间还保留着

行色匆匆

一些当年迁徙而来的祖先传下来的习俗或手工艺。如今这些流落到高黎贡山西麓的人们只有在祭祖时或者在写祖宗牌位时才会想起他们的故乡。可是他们仍然保持着故乡当年的一切。在他们的故乡或许已经消失的东西，在这里却仍在固执地延续着。

在界头街的一间作坊里我见到一群正在从事"打锡"的民间工匠。他们正在制作一种专门供寺院或民间迷信活动所需的锡箔。这种薄如蝉翼般的锡箔可以折叠成"元宝"之类的冥币，供死去的人在阴间消费。这样的"产品"政府是不会生产的，可是既然我们无法真正根除人们头脑里的迷信，这类产业便将一直存在下去，以这种民间的形式。事实上，我们在悼念死去的亲人时都喜欢采用这样的形式，不论迷信的或不迷信的。所有寺院里的"香火"都与眼前的这些民间工匠的产品有关。这些民间工匠是专门为冥界制造"货币"的人，他们对我的这种说法不置可否，正在"踩锡"（打锡的第一道工序）的张体生老人说，我们不管那么多，我们只是靠祖传的手艺挣钱。

打锡是一种非常烦冗的工艺，从熔化锡块到成为蝉翼般可以折叠的锡箔要经过70多道工序。第一道工序是将熔化的锡水浇到模板里，然后用脚踩，这叫"踩锡"。踩锡用的模板是石制的，工匠们将它称为"踩锡砖"。工匠们说，在界头街会"踩锡"的工匠只有3人。各家打锡时便专门请会踩锡的工匠到家里来踩锡。踩锡之后便是"剪锡"，将冷却的锡块剪成方块。然后是称锡，要使打出的锡箔厚薄均匀，必须保证锡块的重量相等。然后用锤将锡块敲打成薄片，再对折，再敲，直至成为200张一垛。每一次对折都要洒上当地用红米做成的酒曲，防止锡片在捶打过程中被粘住。等到开始"大垛"时锡片已经非常薄了。这时再将锡片的水汽烤干。从第一道工序——踩锡到大垛,需要约一个月时间。最后一道工序是将锡箔用荞面熬成的糨糊粘贴在3寸见方的草纸上。

界头打锡一般是以家庭为单位,各家都有一个打锡的作坊。每逢农闲时,界头街里的人家便传出此起彼伏的敲打锡片的声音。据说在界头大约有70多人从事这种手工业。打锡的工匠杨润兴说,界头打锡生意最好的时候是1984年,当时有一个定居台湾的腾冲人专程到界头订锡箔,一个季度便要5吨。于是家家打锡。现在的生意不如从前好了,因而打锡的人也就比从前少了。人间的经济萧条居然会波及阴间。这样的联系显得非常朴素与通俗。

打锡人杨润兴说打锡的手艺都是祖上带过来的。老杨找出他的家谱,我看见家谱上记载着:"祖籍系南京松江府华亭县人氏,于明·正德十四年客游于滇南贸易,意至本省大理府后移居永昌腾越至本境界头街寓居。"这些当年从中原流落而来的人们,在内心深处似乎并没有将已经居住了几十代人的界头看成自己的故乡。家谱中的"寓居"一词,似乎透露出某种流落异乡的感觉。他们的"故乡"永远写在堂屋里的祖宗牌位上,那才是他们真正的故乡。让故乡的一切在遥远的边地延续,这种超稳定状态的文化心理,使南方丝绸之路的末端永远"凝固"着一段中原汉文化。

在界头新庄村上龙寨龙占堂家里,我看见另外一种更为古老的民间手工艺——造纸。当地人叫"抄纸"。上龙寨是个有着48

行色匆匆

户人家的村子。他们的姓氏让人觉得和他们从事的手工艺一样古老，除少数几家后来迁来的杂姓外，全寨都姓龙。对于"龙的传人"的说法他们似乎很乐意接受，因为姓龙，与龙的血缘自然要比别人更近一些。上龙寨是一个造纸专业村。无论走进哪一家朴素的院里，都能看见正在纸浆缸里抄纸的妇女。她们并不因为我们的出现而停下手里的工作。我觉得她们在劳动的时候都一律显得美丽而动人。

龙占堂家的屋顶晾晒着从山里收购来的构树皮，那是用来造纸的原料。他们将构树皮的表皮与斑点去掉，这样就能保证纸质的洁净。然后就是"划构"，将捡净的构皮的内层用小刀划成极薄的簿片，接下来就拿到门前的小溪里浸泡，然后拿到锅里蒸煮，再用石灰水浸泡。之后，又到小河里反复漂洗捶打，将构树皮里的木质素和胶质洗去，剩下的就是做纸的纤维了。将构树纤维打成浆汁之后，就可以在纸浆缸里抄纸了。打浆原来是所有工序中最为繁重的，需要力气的活。男人举着特制的木棒反复地捶打，直至构树纤维在木棒的打击下成为"齑粉"。现在他们采用了一些简单的机械，那是用巨大的木头构成的"机器"，他们叫"榨子"，用手扶拖拉机的发动机作为动力。打浆之后就是妇女们的事情了。妇女们站在巨大的纸浆缸前，不停地用编织得细密的竹帘将缸里的纸浆抄起均匀地一层一层铺在木板上。待纸浆的水分稍干之后，再一层一层揭开，晾晒到木板上或墙壁上。完全干燥之后，构树皮就这样成为纸了。

龙占堂的妻子陈世真是一个结实而美丽的抄纸女人，她站在巨大的纸浆缸前不停地重复着同样的动作。此时纸浆已完全融入水中,我只看见她用竹帘将水舀起,水从竹帘中漏下,然后又舀。竹帘似乎虚若无物,因而我觉得她仿佛在认真地重复着一种竹篮打水的工作。直至她的身前出现一摞高高的纸浆,我才明白,她的每一次舀水的动作,便意味着一张纸的出现。纸的大小与竹帘的大小相近。她往纸浆缸里掺金刚钻的汁液,她说这样纸就不会粘到一起了。陈世真说她一天可以抄一千张纸,每张纸可以卖 7 分钱。除去成本之外,她抄纸一月大概可以赚一千元左右。她说今年纸比往年好卖,主要是大理人来收购的较多。大理人从上龙寨买了纸后,经过染色之后再出售给那些专门做喜神、扎灵房或是印纸马的人。构树皮做成的纸韧性较好,因而银行喜欢用来做捆钱纸。每年都有银行的人来上龙寨订货。陈世真说:"你们领工资时的捆钱纸就是我们做的。"

　　一家人便是一个造纸的作坊,一个独立的"生产单位"。院子里、墙上所有可以张贴纸的地方都贴满了潮湿的刚生产出来的纸。那是一种略带黄色、表面粗糙的纸,你可以看见纸上的纤维,那是构树所留下的唯一的形状了。当地人用这种纸来抄写家谱一类的东西。上龙寨人说,从前在腾北一带学生们的课本都是用这种纸印的,当然是那种民间的印刷作坊。如今这一类的作坊是不允许存在了,可是抄纸这种古老的工艺依然在古老的驿道边延续,在民间,纸还有着很多别的用途。现代生产的洁白光滑的纸并不适用于民间。造纸这种曾经改变了人类文明进程的古老工艺,如今它的生产形式已经与最初的原始的方式有了非常巨大的差别。可是在上龙寨仍然延续着最原始的造纸的方式。我不知道在中国还有没有像界头上龙寨这样以抄纸

行色匆匆

为业的村庄？

  上龙寨的抄纸的历史已经难以考证了，上年纪的老人都说他们抄纸至少有几十代了，这是一个很不确定的数字。与上龙寨相邻的是中龙寨和下龙寨，也是一色的龙姓，也一样抄纸。据说上、中、下龙寨都是一个老祖宗带来的。龙姓的人称他们最早是从湖南武陵迁徙而来的。这群从古老的驿道一路辗转到遥远蛮荒的高黎贡山西麓的人们，将他们的手艺也带到蛮野的边地。现在，已经繁衍成一个庞大的家族后，他们仍然靠这种古老的手艺生存。他们都称造纸的手艺是蔡伦祖师传给他们的，在村旁尚有一间快要废弃的蔡伦祖师庙，在龙占堂家的祖宗牌位上同时供奉着蔡伦祖师的画像。在界头还分布着很多类似于打锡、抄纸这样的专业村，比如以铸犁或编织竹制品为业的村庄。一个群落拥有一种独特的手艺，各自用自己的手艺生存。他们之间可以进行一些产品交换，可是手艺却是不能交换的。这确实是一种很有意思的现象。

2001 年

赛岭印象

赛岭是一个生长在高黎贡山里的朴素而美丽的村庄,这是我在远处看到赛岭时的印象。在树林里错落有致的灰色的屋顶,会让人突然有一种"家园"一词的那种感觉。村庄是泥土与树木构筑的。大地生长的树变成了房屋那样的东西。无论是树也好,还是房屋也好,它们都与大地紧密联系,肌肤相亲。这样的村庄与我居住的用钢铁和水泥构筑的"城市"不一样,它是柔软的,散发着人的体温的,是"栖居";而城市却是坚硬的,冰冷的,是居住。

村子的内部就不像我在远处看到的那样朴素动人了,简朴的房屋被随意而散漫地建筑在山坡上,像树林一样随意生长。村子里的道路只是建盖房屋时留下的距离,严格地说,它并不是一条道路,只是一条从各家的房屋通向菜园,通向大地的道路。因而它仍然保持着大地的本来面目,凹凸不平以及落满收获后的农作物的残余部分和家畜的粪便。猪、鸡、羊像人一样在道路上旁若无人地行走。村子里所有的空地都栽种着核桃树,核

行色匆匆

桃树高大的树冠使这个叫赛岭的村寨永远生活在绿荫之下,只有在冬季核桃树落叶时,高原的阳光才可以直接照射到各家的院子里。所有的人家都没有围墙,一律向大地敞开。房屋的结构非常简洁或者简单,没有任何美学上的考虑。除了坚固和结实外,它与山里的窝棚有很多相似的地方。赛岭给我的感觉是,它不像一个有着悠久历史的村寨,更像是一个部落,一个由70多户傈僳族人家组成的部落。直到现在,傈僳族这个喜欢在大地上漫游的民族,他们不喜欢把自己固定在大地上某一点上。大地有多大,他们的故乡就有多大。定居文明是后来的事。因而他们对"定居"显得有些潦草,不像其他民族那样认真。高黎贡山赛格自然保护所的一位工作人员告诉我,赛岭村曾经很长时间内都没有厕所。在他们的历史中是没有"厕所"的概念的,大地就是接纳粪便的地方,就是"厕所"。几年前,赛格保护所专门为赛岭村建了一个厕所,那是村里最好的,也是唯一的水泥建筑。他们的意图显而易见,是要让赛岭村的文明从排泄开始。在相当一段时间里,赛岭的傈僳族并不喜欢这座用来堆积排泄物的叫"厕所"的东西。他们不能理解,大、小便这是在地边、在山里就可以完成的,现在要把它集中起来,那么多脏的东西以后怎么办?他们更喜欢在野外随意排泄,让它自然融入大地之中。现在,赛岭大多数傈僳族尤其是年青人已经习惯于在这个叫作"厕所"的地方排泄,只有少数老人仍然恪守古老的排泄方式。

我没有考察过这个叫赛岭的傈僳族寨子的历史。我知道的只是,他们来自于中国西北高原的一个古老的游牧民族——氐羌族。他们从遥远的西北高原不断地向南迁徙，沿着高黎贡山的河谷通道抵达怒江峡谷。我不知道，这个古老的北方游牧民族为什么在高黎贡山停止了迁徙。从此，这个以狩猎为生的游牧民族开始了足不出高黎贡山的漫游。虽然他们仍然保持着"居无定所"的游牧民族的特征，但他们再也没有离开过高黎贡山。广袤的高黎贡山成了他们的故乡。高黎贡山的充足的动物滋养着这个古老的北方游牧民族，并逐渐演化成现在的傈僳族。

事实上庞大的"部落"并不适合傈僳族游牧的方式，虽然它可以使"部落酋长"有一种统领千军的感觉。因而他们在很长时间内都是以家族的形式迁徙、漫游。只有在节日，或有重大事件发生时才会聚集在一起。在高黎贡山我所看到的傈僳族村寨，规模都不大。即使是现在，在他们早已结束游牧生活开始"定居"之后，他们的寨子已经远非当年以家族为单位的"部落"可比，但它的规模仍远不能与汉族的村镇相比。这个喜欢在大地上流浪的民族，即使现在仍让人感觉到他们内心里的流浪的感觉。似乎随时都保持着一种准备迁徙的姿态。

在一片核桃树下的空地上，我看到赛岭傈僳族的教堂。盛放宗教的不是我所熟悉的尖顶的哥特式建筑，而是一间与傈僳族民居一样朴素和简单的建筑。从外观上，教堂与周围的傈僳族的"家"并无区别。那是他们的另一个"家"。教堂是在一间宽大的阁楼之上，四周是用竹篾编织的墙。阁楼里没有窗，光线从竹篾的缝隙中穿越进来，黯淡的教堂内部充满了斑驳的光亮。教堂与教室有些相似，高低不平的地板上安放着成排的学生课桌和条凳，正面有一块写满了傈僳文《圣经》的黑板，和一张相当于讲台的课桌。唯一可与教室区别的是黑板上方的红色的十字架，和悬挂在竹篾编织的墙上的政府颁发的宗教场所许可证。教堂里的执事是一个表情矜持的年青人。他穿着干净的黑色外套和白色的衬衣，背着一个色彩斑斓的傈僳族挎包，挎包里面是一本傈僳文的《圣经》。他的装束在沾满泥土的傈僳人中格外醒目。他说只有做礼拜时才会这样穿，平时到地里干活是舍不得穿的。每个礼拜六和礼拜日赛岭的傈僳族教徒都要到教堂里做礼拜。由他向教徒讲《圣经》的道路，然后是唱诗和祈祷。赛岭寨有一半人是基督教徒。每个教徒都严格按照教规生活着，不抽烟，不喝酒，不赌博。教堂的对面是赛岭小学，三个年级共用一个教室。一年级放学，二年级上课，然后是三年级。教堂与小学之间是一片空地，这是赛岭的"广场"，也是赛岭村唯一平坦的地方。平时，"广场"听到的是小学生读书的声音，星期六和星期天却是教堂里传出的唱诗的声音。学校与知识有关，教堂与信仰有关。在这个高黎贡山深处的村子里，读书和做礼拜都是神圣的。

唱诗的声音从简陋的教堂里传出时，是这个朴素的傈僳族村子最激动的时刻，宁静的村庄被一股宏大的歌声覆盖。歌声犹如从大地深处发出，从树林中灰色的瓦片上滚过，在山谷中跌宕起伏。谁也不会想到欧洲教堂里的歌声会在这个世界之外的地方响起，在这些高黎贡山游牧民族的嗓子里响起。飘荡的圣歌使这个隐匿在高黎贡山森林中的山寨犹如一个"乌托邦"那样的世界。

2002 年

隐匿在森林里的温泉

我发现,"隐匿"是高黎贡山最常用的语词,高黎贡山所有的风景,都是"隐匿"的,当然不包括那些因公路的进入而被"敞开"的风景。摆罗塘温泉至少现在还是"隐匿"的。这个隐匿的风景会不会因为我的写作而成为一个"敞开"的风景,这也是我迟迟不敢动笔的原因。我想如果世界上所有的风景都被"敞开"之后,我可能就不愿意再出门了。"敞开"的风景,所有的秘密都陈列在公路旁边,所谓"旅行"只是去证实别人眼睛里看到的风景。那样的旅游还有什么意思?

吉普车到了赛岭村后就成了累赘、失效,仅仅象征一种笨重而无用的财富。在长满核桃树的朴素而美丽的赛岭寨,道路消失了,回到大地,犹如河流回到了水中。摆罗塘在遥远的森林里边。我们尾随着前去洗浴的山民,马背上驮着行李、炊具、大米,可以构成一个临时的家所需要的东西。老人骑在马背上,像是参加一个盛大的仪式。每年的冬季,在通往摆罗塘的道路上都会出现这样的场面。

行色匆匆

道路一直通往树林深处，林子不太茂密的地方，就有大片鸢尾花生长，蓝色的鸢尾花与蜿蜒起伏的道路一起抵达——那个永远弥漫着热气的地方。

和云南高原所有的温泉一样，摆罗塘在一片凹地里。凹地中央是一棵盛开着白花的楂子树，树下是用石块圈住的温泉。白色的水雾从塘中袅袅升起，与白色的楂子花融为一片。有两条河流从空地的周围环绕而过，河的上方被茂密的树冠遮盖，看不到天空。有红色的野樱花、杜鹃花开放。所有的空地都弥漫着热气，一片滚烫的沼泽。热水从沼泽里流到河里，于是清澈的河水也成了热的，不时有人在温温的小河里洗浴。女人是不喜欢到河里洗浴的，因为她们相信，池子里的水更纯粹，更有益于健康。治病是女人们到摆罗塘洗浴的全部理由。地势稍高的地方是接踵相连的临时窝棚，窝棚之上晾晒着男人的裤衩和女人的贴身衣物。各家做饭的炊烟与大地的热气混合在一起，犹如一个世界之外的乐园。

夜晚，各家的窝棚前烧起火塘，火光中晃动的男人与女人的身影、不远处时浓时淡的雾气，非常动人。我相信，此刻我置身于一个远古时代的氏族部落里。

早晨的阳光照进摆罗塘时，我看到温泉是乳白色的，犹如牛乳般白亮，当地人叫"米汤色"。我们将身体浸泡在乳汁里，心里生出一种亵渎了它的感觉。"大地的乳汁"这类中学生或小资写作者最爱使用的句子会在所有人的头脑里出现。然而，乳白色并不会持续太久。在阳光的照射下，温泉开始逐渐变得透明、澄净，与我们对"水"一词的理解一样。到了下午，它又开始变绿变蓝,犹如北京牌纯蓝墨水一样。据说随着气候、季节的变化,它会变成粉红色、紫色、黑色。我不知道,反复无常的摆罗塘温泉的每一种颜色是否代表着它的每一种心情。

  对于生活在附近的村民来说,冬季到摆罗塘洗浴一直是他们每年一次的节日。当人们离开之后,这里又开始回复到原来人迹罕至的状态。那时,动物们的节日可能就到来了。我想那时,乳白色的温泉浸泡的会是各种动物。它们当然不会像人那样大声说笑着洗浴,更不会像人那样使用香皂或洗发香波。摆罗塘不仅仅是人的乐园,也是动物的乐园。只是我担心,它迟早会成为又一个被"敞开"的风景。那样,失去乐园的就不仅仅是动物了。

2002 年

森林里的乐手

作为一个漫游者更关注的是那些呈现在大地上的事物，盛开的鲜花、清澈的溪流、苍郁的森林、积雪的山峰，而对于那些大地之上的世界总是容易视而不见。在高黎贡山百花岭村——这个以鲜花命名的傈僳族村庄里，每年都会有大批来自中国香港、英国、美国、法国、澳大利亚、新加坡、中国台湾的旅游者。这些旅游者们更关注的是大地上空的事物，那些在森林间、河谷里掠过的飞鸟。这些来自全世界的"鸟类的发烧友"们对鸟类有一个非常诗意的比喻"飞翔的花朵"。高黎贡山上空永远"盛开"的是这些犹如精灵般飞翔的"花朵"。与那些在大地上盛开的花朵相比，这是一种瞬息即逝的"花朵"。当你发现它的时候，它就飞到另一片树林里"开放"。它不会让你像对待大地上的花朵那样等待着你诗意大发，然后拍照或采摘。欣赏这样的"花朵"是需要足够的耐心和关于鸟类的知识背景的。我对于鸟类的无知使我很少真正地欣赏到这种稍纵即逝的美丽风景。

在高黎贡山森林里永远响彻的是溪流、风声和各种鸟的鸣叫声。所谓"天籁"的那种音响。每一次漫游我的耳朵里都会充满这样的声音。它成为我对高黎贡山回忆的一个非常重要的部分。因而在我的经验里,我更倾向于用耳朵去感受这种"飞翔的花朵"。我似乎更愿意使用这样的比喻——隐匿在森林里的乐手。无数只鸟的喉咙里流淌出来的声音,犹如神曲那样永远响彻森林,使辽阔的森林犹如一个天地之间的巨大无比的"音乐厅"。我觉得人类的所谓"音乐家"不过是鸟类的出色的模仿者而已。

从树林里传出的鸟声,似乎使树林不再是树林,而是一片乐神栖居的地方。在百花岭我无数次听到过树林里传出来的"金、嘎嘎——金、嘎嘎"的非常响亮的叫声。只是我从来没有见过"乐手"本人(鸟)。这是一个不需要谢幕的乐手,它需要听众的只是倾听。一个自然保护工作者告诉我,这是中华鹧鸪,是一种小型的野生鸡类,生性机警,很难见到。每年繁殖季节,雄鹧鸪便要占领一块地盘,禁止其他雄鹧鸪进入,我听到的响亮的叫声就是它的"领土宣言"。然而对于那些猎鸟者,中华鹧鸪的叫声常常会出卖它自己。

在田野和灌木丛里,有一种浑身翠绿、眼圈下面有一块醒目的白色斑点、体形小巧玲珑的鸟,它不断地在灌木间跳跃,发出"滴——滴"的声音,清脆而纯美。当地人将这种鸟叫作"绣眼鸟"。在百花岭的村寨间我常常看到喜鹊在屋顶或是树梢上发出"叽——呷呷呷呷"的叫声。这是一种在我童年时候经常看到的鸟,然而我被告知,这不是我童年时候的喜鹊,而是一种学名叫"鹊鸲"的鸟。因它形似喜鹊,当地人又叫它"似喜鹊"。

行色匆匆

　　一种叫鹰鹃的鸟是我所听到过的声音最为洪亮与华丽的鸟，高黎贡山鸟类中的"帕瓦罗蒂"。那天，我在一个阳光明媚的山坡上听到它的歌唱，"归归羊——归归羊"，辉煌而高亢的叫声在满山遍野响彻。遗憾的是，我从来没有见过这个高黎贡山的"帕瓦罗蒂"。土画眉在林边的灌木丛上犹如一个正在伴奏的乐手发出"叽——呷"的声音。与人类的音乐最为接近的是一种叫棕噪鹛的叫声，它总是像一个正在学习歌唱的人那样发出"咪哆来、咪哆来"的声音。在一片旱冬瓜林里，我听到一种类似母鸡下蛋时发出的叫声"各答各、各答各"，急促而响亮。有人告诉我，这种鸟的学名叫蓝喉拟啄木鸟，我看到这是一种有着优美的尾巴、黄色的尖喙的鸟。在另外一片树林里我听到的是棕颈钩嘴鹛发出的特别的叫声"早——哥哥、早——哥哥"，犹如正在向谁发出问候。这些"隐匿在树林里的乐手"各自按照自己的声音在歌唱，并没有谁规定它们只能这样唱，不能那样唱。不需要简谱，不需要指挥。然而，这一切正好与自然契合。在森林中它们与溪流的声音、风从林子里穿过的声音组成极其完美的交响。

　　在一片平缓的山地上我看到一株树上悬挂着一个个用草编织的鸟巢，鸟巢有着细而长的柄，枯黄色的鸟巢在绿色的树叶上摇晃。有风吹来时，悬挂在树枝上的鸟巢随风飘荡，犹如一株悬挂着灯泡的圣诞树。这是一种叫黄胸织布鸟的巢。不时仍可看见，这种形似麻雀的鸟正从大地上衔来细细的草，继续编织它们的巢。像一个忘我工作的匠人那样，它们用嘴、脚爪来回穿梭着细细的草茎，与人类织布的情形相似。因而，它们被人类命名为"织布鸟"。只是它们编织的不是布,而是自己栖息的"房屋"。它们所有的建筑材料都来自大地,可是它们的建筑却远离大地。对于它们而言,一株在大地上生长的树要比大地本身安全得多。将房屋建盖在高高的树上,可以避免很多来自大地的危险。

一身翠绿、有着长长的尾羽、头部暗红、咽喉部分长着一块黄色斑块的沙燕,喜欢将自己的房屋建盖在河边的峭壁上。这种像燕子那样飞行的鸟,总是在峭壁上啄洞筑巢,河谷边的峭壁上犹如枪眼那样的洞,就是沙燕栖居的地方。每当它们从峭壁上的洞穴中飞出时,犹如大地的精灵那样从洞穴里飞出。据说这是一种生活于亚热带的食虫鸟类,因善于捕捉与嗜食蜂类而得名"蜂虎"。

我的采访本上记录着很多鸟的名字,然而,我并不认识这些森林里的乐手。它们或者只让我听到它们喉咙里发出的声音,而不让我看到它们美妙的身影;或者停止歌唱缄默地面对我。因而,我无法知道,某种美妙的歌声究竟是从哪一只喉咙里发出的?这些"隐匿在森林里的乐手",它们的名字像它们的歌喉那样美丽。我觉得它们的名字本身就是森林神曲中的一个个美丽的音符,比如:银耳相思鸟、红胁绣眼鸟、金头黑雀、暗色朱雀、血雀、白颊噪鹛、朱鹮、白腹锦鸡、黑颈长尾雉、红腹角雉、楔尾绿鸠、珠颈斑鸠、红梅花雀、白尾梢虹雉、黑颈鸬鹚、黑翅鸢、长尾阔嘴鸟、栗胸矶鸫、火尾绿鹛、蓝喉太阳鸟、金胸雀鹛、红头咬鹃、棕胸佛法僧、红尾伯劳……

另外,我还记录了很多民间的鸟名,与教科书里那些充满书卷气的命名相比，它们有一种通俗的气息，比如：憨斑鸠、见谷打打、火鸽子、山鸽子、水葫芦……

在世界鸟类研究者眼里，横断山脉的高黎贡山历来是鹛类和雉类的乐园。低纬度高海拔的山脉，使高黎贡山在某一个局部可以形成多种气候类型，从山脚到山顶可以产生热带、亚热带、温带、寒带多种小气候与植被类型。多样而复杂的气候与多样的小生境，为鸟类提供了极为良好的栖居环境。据载：全世界画眉科鸟类有259种，中国有117种，而在高黎贡山业已发现和记录的画眉科鸟类近90种。种类繁多的鸟类家族使高黎贡山成为地球上最喧闹的山脉。

在那些来自全世界的观鸟者眼中，高黎贡山是一座上空永远飞翔着"美丽的花朵"的地方。每年在这个叫百花岭的村庄出现的观鸟者，都会留下一些故事。

香港观鸟会的副会长张浩辉先生是在1997年冬季第一次进入高黎贡山观鸟的，据说在14天他就观察和记录了307种鸟类。2000年8月，香港观鸟会组织了一个庞大的观鸟团队来到高黎贡山，其中最小的观鸟者只有10岁，据说是香港年纪最小的观鸟爱好者。香港电台、电视台派出记者随团报道观鸟团在高黎贡山的行踪。一只在百花岭上空出现的林雕使他们的观鸟经历充满了戏剧性，在他们准备离开的头一天，一只形象威严的猛禽在旱龙寨上空出现，它优雅地从寨子的房顶或是竹林上空飞过，此刻大地上的观鸟者们则陷入一片慌乱之中。这个细节显然非常符合电视记者的胃口。此后，香港观鸟会每年都组团进入高黎贡山观鸟，高黎贡山成了香港观鸟者的圣地。

辑三

在所有的观鸟者中,来自英国的詹姆士·古德哈特无疑是最狂热的观鸟者。他最初在高黎贡山出现时已经65岁了。我不知道,这个英国人是不是全世界年龄最大的观鸟者?我所知道的只是,他是世界雉类协会会员,终生未婚,到全世界观鸟是他退休之后的全部生活。据说,这个叫古德哈特的观鸟者已经看到了6000多种鸟。1998年秋天,这个"阅尽鸟间"的资深观鸟者,在世界雉类协会的科学家介绍下来到中国。他先后到过西藏、浙江、广西、云南西北部的迪庆。他最大的梦想是看到白尾梢虹雉。中国鸟类科学家韩联宪陪着他从滇西北的迪庆辗转到高黎贡山西麓的大塘。这一次古德哈特一直登上了海拔3500米的高处,可是白尾梢虹雉并没有出现。第二年春天,这个固执的英国老人又一次来到高黎贡山。陪同他观鸟的还是韩联宪。韩联宪在他后来的文章里这样写道:"面对如此有毅力的观鸟老人,我充满敬意。"他们又一次抵达海拔3500米的山峰,山坡上到处都是尚未融化的厚厚的积雪,白尾梢红雉是否会被老人的执着感动,在这样的环境里现身?韩联宪也没有把握。在他们抵达的第二天清晨,准备吃饭的时候,韩联宪听到这种令他们朝思暮想的鸟的叫声,于是他赶紧告诉古德哈特。叫声停息之后,一只大鸟从竹丛里飞出,是古德哈特梦寐以求的白尾梢虹雉。白尾梢虹雉沿着他们宿营的帐篷上方优雅地飞过,然后斜向山坡下滑翔。整个过程不到5秒。可是对于古德哈特已经足够了。过后,他们又在雪地里寻找稍纵即逝的白尾梢虹雉。可是白尾梢虹雉再也没有出现过。在后来的日子,令韩联宪始终不解的是,当时山坡的积雪太厚,不便于白尾梢虹雉觅食,按理白尾梢虹雉还应该在中山一带栖息，要等积雪彻底融化后才会移到高山一带活动；然而，白尾梢虹雉还是早早地出现在按常规不该出现的积雪的高山上。韩联宪将这一次白尾梢虹雉的出现疑为"是心灵感应，还是鬼使神差？"他认为白尾梢虹雉与古德哈特在高黎贡山积雪的山峰之上"进行了一次富有戏剧性的会面"。事后，有人为古德哈特算过一笔账，他两次远涉重洋到高黎贡山看白尾梢虹雉，平均每秒折合600多美元。古德哈特当然也会算账，我相信他的算法跟我们的肯定不会一样。在高黎贡山，他看到了栖息在高黎贡山的、数量极为稀少的中国一级保护鸟类——白尾梢虹雉。这个狂热的高龄观鸟者实现了他最大的梦想。

　　2002年5月，一个由中美科学家组成的一支科学考察团曾对高黎贡山的动植物资源进行过一次快速评估。来自美国的鸟类专家，认为鸟类是高黎贡山最丰富的资源，从来就是世界所关注的。在短暂的考察中，他就发现了35个鸟类新种。他说高黎贡山估计有约600多种鸟类，拥有中国半数的鸟类，也是亚洲鸟类最为丰富的地区。这位科学家说他发现约有40种鸟类的生存范围非常狭小，一旦生态环境遭到破坏，这些鸟类可能就会从地球上彻底消失了。高黎贡山是丰富的，但也是脆弱的。这个美国的鸟类专家向所有人播放了他在高黎贡山录到的鸟的声音。他说，这只鸟只有这么大。我看到这个美国鸟类专家伸出大拇指。

2002年

高黎贡山

——一座土著命名的大山

在中国的山脉家族中,高黎贡山始终处于"边疆地带",无论在地理上还是文化上都处于版图的边缘。因而,它始终是一座独立的、内部相对统一的山脉。它与中国大多数山脉相异的走向,以及在山脉内部日夜奔流的江河一方面沟通了印巴次大陆、中南半岛的联系,另一方面也使山脉间的内部相互联系。特殊的地理使高黎贡山成为一个多重交汇的重要地带,因而,它具有与其他地域完全不同的"山地文化"。

因高黎贡山与缅甸接壤,流经其间的怒江、龙川江等都是跨境河流,受到跨国民族、跨国宗教的影响,因而高黎贡山无论是气候还是地理文化以及交通都无可避免的是印度洋区域与太平洋区域的接触点与交汇处。当两大洋文明交锋时,高黎贡山不是抵抗,而是兼容并收,再加上南方丝绸之路从高黎贡山逶迤而过,更使得高黎贡山山脉事实上成了一个文化交汇与碰撞的特殊区域。比如源于印度次大陆的佛教由此而向东扩散,而中原儒家文化亦从这里向南继续传播。高黎贡山一带应该是中国宗教品系最为齐全、寺庙类型最为丰富的地方，既有汉传佛教的寺庙类型，又有藏传佛教的典型寺庙，也有南传佛教的独特的缅寺；既有大型的道教宫观，也有小型的原始神祠；既有汉式清真寺教堂类型，又有阿拉伯式清真寺、欧式教堂类型。因此，在与外来文化的交汇、碰撞下，高黎贡山一带形成了多元文化并存这一最为显著的特点，给人留下的印象则是纷繁芜杂、缺乏主体。

就山脉本身而言，高黎贡山从青藏高原自北向南绵延600余公里，地势起伏巨大，无数山脉布满其间，犹如一座由无数小塔叠置而成的巨形塔山。山脉巨大的起伏以及地表切割严重，使得高黎贡山多样性的自然地理特征处于相对孤立的状况之中，所谓的"多样"是缺乏交流的多样、封闭的多样；在同一座山峰之下呈现出彼此分割的小块区域，或为丛林，或为高地，或为坝子，或为草甸……在这样的区域内滋生并成长的文化，自然会与它的生态环境一样，多样而驳杂。在高黎贡山曾长期延续着农耕、畜牧、采集、渔猎等几乎人类所有的生存模式。高黎贡山的地貌似乎事先就为栖居在这里的人类划定了若干彼此隔离的有限的空间。一个空间与另一个空间犹如两个毫不相干的"世界"，即使因为战争被统一到一起，一旦遇到动乱，脆弱的统属关系又会崩溃，彼此之间又会退回到各自原先的空间与生存状态中。

高黎贡山立体多样的地貌，使它很难形成空间上高度统一的民族。每一民族不是被严重分割的自然界限隔成若干子群，就是彼此在长期分离的过程中，演化为语言与习俗相互不通的新类型。那些被自然分割为若干空间单位的民族各自固守在适应其生存繁衍的空间之内，从而形成无数相对独立的自我中心。每一个民族都具有自我循环、自我演化的能力。于是广袤的山脉中文化与自然生态一样呈现出多元格局。

栖居在高黎贡山的20多个少数民族犹如植被那样生活在各自的"世界"里。与高度组织化单一帝国的中原相比，多中心的高黎贡山文化中，各个民族之间封闭是绝对的，交往是相对的，而不像中原地区在长期的交融中已经形成那种你中有我、我中有你的相互依存的共生关系。也许正因为如此，其才能在战争动乱、交往中断的年月里存活下来，并始终成为中原王朝逃荒避难之所。文化学者们把这种现象称为"大分散、小聚居"。

在很长时间内，高黎贡山始终是一座土著们的乐园。中原的文人们"登泰山而小鲁""一览众山小"的时候，高黎贡山只响彻着土著部族流传下来的古歌。高黎贡山封闭的地理形势使外部文化不易深入，所以当地土著长期保持自己的"夷狄"风貌。居住在高黎贡山山麓的土著民族，除了因某种历史的原因举族迁徙，并与其他民族融合并成为新的民族之外，（比如景颇族与缅甸北部的克钦族）大多仍保持着古代的风貌（尤其是在道路仍不发达的边远地区）。

相对于栖居在高黎贡山的土著民族而言，汉族文化则一直是以一种"客家文化"或"流放文化"的面目出现的。汉明帝永平十二年（公元69年）设立了汉王朝版图最边远的郡——永昌郡（今保山）后，这座中国西部山脉上出现了来自中原的汉人。

行色匆匆

汉王朝除了以军队开拓与经营西南之外，还采取了一系列后继措施，其中比较重要的是在道路沿线设置邮亭、驿站，"移民实边"和"屯田"。将稠密的内地人口大量迁至边地，这种政府组织的大规模的人口迁移行动，实际上也是一次大规模的文化迁移。中原文化通过道路，源源不断地注入道路所经过的地方，并在高黎贡山麓东西两侧积淀下来。这些为数众多的中原人群虽然身在异乡，但他们的目光却永远注视着他们曾经生长过的中原。从此这片遥远的"蛮夷之地"与中原便有了一种无法割舍的血缘联系，而高黎贡山的本土文化也开始出现中原化或汉化的痕迹。

元、明以来，大量的中原汉族沿着古老的南方丝绸之路涌入高黎贡山蛮荒之地，他们的人口数量甚至在局部地域远远超过当地的土著居民。这些沿着古道而来的强大的中原文化甚至在道路沿途的城镇中形成一种强势文化。与高黎贡山的少数民族文化融会交流从而混合成一个个新的文化亚种。这种情形在古道沿途尤其突出，即使在古道被遗弃后从中原流落而来的汉文化仍然是当地的主流文化。然而，在那些比较偏僻或者距离道路稍远的地方，汉文化的影响力就显得稍弱一些，生活在那里的少数民族仍然可以保持自身文化的相对独立与稳定。至少可以和外来的汉文化"和平共处"，或混合共生。

这些从中原迁徙而来的人们，始终固执地保持着自己原来的文化与传统。最初，他们犹如一个个在当地少数民族文化围困中的"文化孤岛"。可是凭借汉文化旺盛的繁殖力，渐渐地，这些"孤岛"连接成片，无论是人口抑或文化都已成为当地的主体。据《腾越厅志》载：当时全厅有屯田 43 个，其中有 16 个屯设在高黎贡山西麓的腾冲北部。这些来自汉文化发祥地的人群，将他们原来的一切"复制"在这片土著们居住的土地上，并且一代代沿袭着他们原来的传统。于是外来文化成了这片蛮荒夷地的"主流文化"。由于地理上的原因和自身文化的优越感，他们很少与外部的异种文化交流。因而他们的文化一直处于某种"凝固"状态中，以致很多年后，高黎贡山西麓一带成了一块中原文化的"缩写本"。

在高黎贡山西麓，无论是村镇的建筑、风俗，还是文化都保留着相当纯正的汉文化意味。现在，大地上肯定不是当年"夷狄"风貌的村落了，它们完全是一个被彻底"中原化"的微缩的城镇。它们仍然保持着中原明清时期的乡村格局与建筑风格。在这里，原始初民生活的痕迹已经被来自中原的人们彻底地覆盖掉了。界头民间一直到现在，还保留着一些当年迁徙而来的祖先传下来的习俗或手工艺，比如古老的造纸工艺、雕版印刷等。在中原一带已经消失的东西，在这里却仍在固执地延续着。

这些当年从中原流落而来的人们，在内心深处似乎没有将自己已经居住了几十代人的高原视为自己的故乡。在他们的"家谱"中，我看到他们喜欢将自己家族迁徙到高原之后的历史称为"寓居"。这个词似乎透露出某种流落异乡的感觉。他们的故乡永远写在堂屋里的祖宗牌位上，那才是他们真正的故乡。让故乡的一切在遥远的高原延续，这种超稳定状态的文化心理，使高黎贡山西麓永远"凝固"着一段中原汉文化。

在高黎贡山西麓的界头乡，我看到一份残缺不全的家谱，珍

行色匆匆

藏家谱的主人叫杨润兴，家谱上说，他的家族是明正德十四年从南京松江府华亭县迁徙而来。迄今已有二十代了。无论经过多少代，在这些被放逐而来的人群心中，中原永远是他们的文化本土，是他们的文化植根之地。然而，一旦离开了文化本土，来到广袤而起伏不定的高黎贡山，他们的文化便不可避免地要发生"变异"。这片充满诡谲的蛮夷之地，绝不可能对他们没有一点影响。尽管他们至今仍然认为他们是正宗的汉族，可是已经很难说他们的血统是如何纯粹了。

那么，在这些从中原迁徙而来的人群抵达之前，高黎贡山最早的"居民"是谁呢？细细想来，这其实是一个令所有学者都会相当谨慎的问题。与永远固定在大地上的植物不同，在农耕定居方式出现之前，所有的人类无疑都是流动的群落。不论是靠采集，还是渔猎，都是在大地上不停地迁徙流动。如果某个群落一旦遭遇巨大的变故，原来的生存空间已不适应他们的生存繁衍，他们将又开始长途跋涉寻找新的适合他们生存的大地。对于早期人类而言，稳定是相对的，流动才是本能的。因而，要想确定高黎贡山最早的"居民"几乎是不可能的。即使考古学的发现可以将高黎贡山先民存在的历史追溯到极为久远的年代，可是，谁又能断定他们不是从其他地方"迁徙"而来的呢？

可以断定的一点是——高黎贡山是一个"土著"们的家园，而不是中原汉族的所谓"故乡"。这很像是一句废话，我的意思是：当强大的汉族文化从中原迁徙而来，高黎贡山的土著就面临着选择，或者迁徙到一个更为封闭，更为蛮荒的地方，以地理的因素来抵抗"异族文化"的侵入；或者逐渐失去"自我"最终融入"反客为主"的中原汉文化中，像水融入大地一样成为真正的汉族。而那些最初用"逃亡"的方式保持自身个性的土著，则开始了"向后退"的历史，长久地保留着初始的生活或生存方式。（当然说他们"倒退"是我们的看法。）这在高黎贡山的历史上是一种很普遍的文化现象。

史料上记载最早的高黎贡山民族是景颇族。据《景颇族简史》记述，至少在公元前2世纪，景颇族的先人就在云南高原迁徙漂泊。此后，他们迁入恩梅开江（伊洛瓦底江上游）流域。传说他们当时居住在岩石洞穴里，仍然处于"石器时代"，使用石刀、石锅、石三脚架（三块石头堆砌的灶），使用络络草秆（一种坚硬的草秆）作箭射杀野兽。

樊绰的《蛮书》是这样记载这个高黎贡山的民族的："裸形蛮，在寻传城西三百里，为巢穴，谓之野蛮。""高黎共（贡）山在永昌西，下临怒江，左右平川，谓之穹赕。"

李京《云南志略》里则写道："野蛮，在（彝）〔寻〕传以西，散居岩谷，无衣服，以木皮蔽体，形（貌）丑恶，男少女多，一夫有十数妻，持木弓以御侵暴，不事农亩，入山林采草木及动物而食。"

《景颇族简史》中讲到的"高黎贡"是景颇支语，意为高里（日）部落的山。约公元8世纪时，景颇支系高日部落便栖居于高黎贡山一带了。他们是景颇族分支"小山"的一支，其渊源可追溯到中原河湟地区的氐羌氏族。据说，在长长的迁移历史中，他们的祖先从青海湖向南，沿着金沙江、澜沧江、怒江河

行色匆匆

谷跋涉南下，一部分人沿途留下，而继续向前走的那一部分人来到了高黎贡山并定居下来。

作为景颇族先人的"高里（日）部落"是否是当时的一支最强大的氏族部落？这我不得而知。然而，他们却以自己部落的名字命名了一座山脉。在我的想象中似乎是这样的情形：那天，高里（日）部落的酋长目光傲慢地凝视着连绵起伏的大山说，"这是我们高里（日）家族的山"。于是一座山脉就这样被命名了，并一直沿用到现在。

这个景颇族部落酋长肯定不会想到，在他们彻底消失之后，这座伟大的山脉仍然以他的部落的名字出现在世界地图册上。在景颇族口传文化中，高黎人于公元19世纪因为战败于来犯的外族（据说是缅人），举族迁移离开了高黎贡山。现在这些已经消失在德宏和缅甸北部山区的景颇人仍然怀念他们昔日的家园，据《景颇族简史》中记述，景颇族老人死后送魂的路线仍是伊洛瓦底江以西，沿着高黎贡山山脉向北的方向。

在高黎贡山西麓界头永安——旧时称"瓦甸"的地方，我看到两座隐匿在树林里的迷失的"城邦"——罗哥城与罗妹城。即便现在看来，这两座废弃的"城邦"仍然规模巨大。占地一百多亩的"城池"内房屋密布，道路纵横。从遗址中可以看出他们使用的已经是石头和砖瓦这样的建筑材料了，而不是高黎贡山遍地生长的竹子与茅草。在无边无际的原始丛林、野兽横行的高黎贡山西麓，出现两座用砖瓦构筑的"城邦"，这很像是一个神话。废弃的"城邦"之内瓦砾与陶片仍然俯拾皆是，这显然是曾经出现过的繁盛的定居文明的标志。

那么是谁创造了如此繁盛的定居文明？又是在什么时候离开？是怎样的原因使两座规模宏大的"城邦"的居民弃城而走？两座在高黎贡山西麓废弃的城邦犹如隐匿在大地深处的谜。它事实上已经成为当地民间文学的母本，滋生出众多充满传奇色彩的民间传说。现在居住在这里的是中原迁徙而来的"汉人"，他们仍沿用"城邦"的命名，但关于古城最早的居民，两座在蛮荒的原始森林中规模巨大的城池建造者的真实史实，则几乎一无所知。他们仿佛在一夜之间突然就从大地上消失了。除了废墟，什么都没有留下。

有一个学者是这样解释这两座废弃的城邦的。他说，至少在汉代以前，高黎贡山西麓就是景颇族先人"寻传人"生息繁衍的地区，"高里（日）"是一个景颇族部落的名称。居住在高黎贡山西麓的景颇族先民，自汉代开始，历经唐、宋至元代，曾经出现势力强大的部落酋长，早氏家族就是当时势力强大的景颇族部落之一。明建文元年（公元 1399 年），高黎贡山西麓的景颇族早氏家族归附明王朝，于是明王朝在高黎贡山西麓设置了瓦甸安抚司（今界头乡永安一带），并封早氏为瓦甸安抚司长官，归属于永昌金齿军民指挥使管辖。

这位学者认为：罗哥城、罗妹城并不是当地流传的"罗氏哥妹"之城，而是景颇语的"罗米扬"（意为石马）之误译。所谓"夷酋"或"蛮酋"也就是当年景颇族的酋长。他认为，罗妹城与罗哥城很可能是瓦甸安抚司署驻地。可是对于瓦甸安抚司的突然消亡，这个学者也表现出极大的疑惑。他认为没有任何史料能够证明，瓦甸安抚司的消亡是因为民族之间的战争或是来

> 行色匆匆

自明王朝的武力征讨；而且也不是明王朝的强制撤销。因而他推测，可能与民族的迁徙有关。

明正统七年（公元1442年），兵部尚书王骥曾率15万大军分三路征伐平缅宣抚司思任法，双方曾在龙川江（古称"麓川江"）东岸激战，即历史上著名的"王骥三征麓川"。学者杨永生认为，瓦甸作为双方重兵集结之地，不可能不受影响。为躲避战乱，或像他们先人一样追逐"白马鹿"（幸福的象征），古城居民沿着伊洛瓦底江迁至缅甸北部高原，或德宏一带。罗妹城、罗哥城也随着最早居民的迁徙而废弃了。

现在，高黎贡山西麓最早的居民彻底消失了。对于他们曾经有过的辉煌存在与突然消失，除了两座废弃的城邦之外，我们一无所知。我相信高黎贡山藏匿着很多只有上帝才知道的秘密。

文明似乎和生物一样，灭绝的比生存下来的要多得多。

2002年

贵州札记

贵州是一个我们很多人熟悉而又陌生的高原。这个高原在七十多年前一度成为贫弱的东方大国角逐的舞台，国共两党在这片高原上演了一段可歌可泣轰轰烈烈的历史。是中国人大概都知道，教科书里最通常的叙述是——中国历史上生死攸关的转折点。另外使这个高原闻名遐迩的是一种叫"茅台"的酒。从"国酒"的称谓中不难看出，它在好酒如云而且有着悠久的酒史的国度中的至尊的地位。一次偶然的机会，我得以从这个高原的历史出发，走进真实的高原。当然，一次匆忙的行走是不可能看清一个厚重而博大的高原的。何况在这酒气四溢的高原上，免不了会有些醉眼蒙眬，所记种种或许类似于印象派画家的作品。

天龙屯堡：一个用石头堆砌的村庄

一个有六百年历史，用石头堆起来并且以"天龙"命名的村庄。这是一个让通俗小说家眼睛发亮的地方。漫长的历史（比

行色匆匆

美利坚合众国的历史还要漫长），犹如岁月一般排列的石头、"天龙"的命名，自称老汉人的村民穿着祖先的服装在村庄中走来走去（他们称这是最古老的汉装，故名"老汉装"），这些意象都为通俗小说家的想象力提供了极大的空间与张力。

天龙屯堡是一个用石头创造的世界：院墙、屋顶、山门、道路等几乎所有的建筑都是石头。如果这个村庄一旦倒塌，或许将成为一个乱石岗。当然不会，天龙屯堡事实上是一个异常结实、风格鲜明的村庄。它已经在高原的风雨中存在了六百年。

据说最早来到天龙屯堡的是明代到贵州作战的军人，它的山门上刻着一副楹联，大致可以诠释这个村庄的由来：滇喉屯甲源出洪武十四年，黔中寓兵流长华夏千秋史。由此想来，这个村庄最初其实是一座军营。因而它的民居建筑仍然保留着防御工事的特点。

一群征战的军人从中原来到遥远的高原，用石头构筑工事。然而战争总是会结束的、短暂的，而日子却是漫长的、永恒的。军人也是人，也一样需要结婚成家、生儿育女，于是这个最初的军营就逐渐成为一个过日子的地方，成为一个村庄、一个赖以栖居的家园。多山的贵州高原石头遍地都是，就地取材用石头构筑了一个封闭自足的中原汉族世界。于是坚硬冰冷的石头有了人的体温。石头成为一个文明的符号。六百年的时间足以使一个军营成为一个充满日常气息的村庄。只是它的军营的传统并没有因为战争的结束而结束，仍然在不经意地延续着。村中有演武堂，所有的民居犹如工事一样坚固，狭小的窗户犹如堡垒的枪眼。距离天龙屯堡不远处有一座拔地而起的陡立的山峰——天台山，山峰上绵延的建筑群使它成为一座真正的城堡。在天台山的城堡里可以控制天龙屯堡。一旦战事发生，这样一座易守难攻的城堡肯定会有用处的。农业文明时代这样的城堡能让人有安全感。

其实天龙屯堡真正的历史，是记录在那些布满斑驳苔藓的石头上。这个石头世界的六百年春秋、六百年传奇该是如何的波诡云谲，可惜石头无言，我们谁也看不懂这部高原上的"石头记"。

青岩古镇：一座高原上的大城

现在，我看到的青岩古镇是一个约六平方公里、三万多人口的古镇。据说在明代天启年间，它的规模就已经达到约两平方公里，一万多人。几百年前，在蛮荒的贵州高原这样的城池绝对可以算一座黔中大城。如果说天龙古镇是一个充满了平民气息的小镇，青岩古镇则是一个有着威严的王家气派的古镇。这一点从它的城门和城墙就可以看出来。在古镇中起伏密布、具有江南建筑风格的楼台亭阁、寺庙宫祠宛如一个个从中原复制过来的。与天龙屯堡古镇的尚武的传统相比，青岩古镇则显得文气得多、儒雅得多。在青岩古镇赵以炯状元故居有一副对联是这样写的：琴鹤谱志，论语传家。横批：文魁。由此可以看出青岩古镇人对文化的尊重并不只是嘴上说说。在远离文化中心的贵州高原他们仍然恪守着中国千百年来沿袭的书香传世的文化传统。

在青岩古镇人们津津乐道的是读书人，他们最引以为自豪的是清初两位著名文人周渔璜和周钟宣以及清代状元赵以炯等，每次向游人介绍时他们脸上的表情都写满了骄傲。而天龙屯堡古镇所推崇的是将军。由此可以看出这两个古镇价值取向的差异。不同的文化底子决定了两个古镇的文化差异。这里并不存在谁更好的问题。

在青岩古镇人们仍然像他们的父辈那样生活，一成不变。一切都保持着古代的生活样式和日常生活场景，你仿佛置身于古代的日常世界，置身于《清明上河图》那样的生活场景中。

圣城遵义：一个被"凝固"的历史现场

在雨夜中来到遵义。圣地并不像想象中那样庄严肃穆，而是一派灯红酒绿歌舞升平的样子。一个被打扫得干干净净的现代城市，一条被灯火装饰得流光溢彩的河流从城中穿过。下榻的酒店叫"维多利亚酒店"。全球化的浪潮使高原人也趋之若鹜唯恐不与国际接轨，殊不知独特的文化个性才是最值得珍惜和令人尊重的。在此刻灯火的辉煌中，历史似乎退却到了教科书里。

从圣城遵义穿城而过的河流叫湘江河，不是湖南的湘江而是遵义的湘江河，导游小钟这样更正。遵义所有的导游都这样给游客介绍：湖南的湘江养育了一代伟人毛泽东，遵义的湘江河则托起了一代伟人毛泽东。

不论是否到过遵义，遵义会议会址是人们非常熟悉的建筑。如同中国人不论是否到过北京都对天安门熟得不能再熟。72 年前的历史"现场"仍然安静地保留在这幢遵义最著名,也是全中国最著名的西式洋楼里。会议的桌椅原封不动地安放在那里,和72年前一模一样。你甚至可以在那里想象那次著名的会议的情形,毛泽东同志肯定在一支接一支地抽烟,可能还有邓小平同志也在抽烟。毕竟这是一次决定国家和民族命运的会议。

1949年中华人民共和国成立之时,毛泽东说:中国人民站起来了! 1935年在遵义,历史说:中国共产党站起来了!

茅台镇:一个酒气熏天的小镇

茅台镇是深山里的一个繁荣的小镇。一路曲折多山,又下起小雨,道路湿且泥泞。闻到酒味都说茅台镇快到了,应了"酒香不怕巷子深"那句老话。

到了茅台镇你才真正体会到"氤氲"一词的真正的含义。那种无处不在弥漫在空气中的酒气,渗透到你的衣服上头发上。远处的山坡上矗立着据说已载入吉尼斯纪录的最大的茅台酒瓶。这个标志诠释着茅台镇这个酒的王国的骄傲与目空一切。茅台镇的繁荣是酒带来的。大街小巷所有的铺面陈列最多的商品除了酒还是酒。

茅台镇除了酒之外,还有中国最大也是最完整的国酒文化馆。酒史和中国的历史一样漫长。酒与人类的文明相伴随形。鲁迅说翻开中国历史,上面写得最多的是"吃人"二字。其实应该是酒。无论好人或坏人、高兴或悲伤、是友是敌、是男是女都是要喝酒的。漫长的历史册页里哪一页不是被酒浸泡着。

由此看来，茅台镇还得继续繁荣下去，除非风水转到别处去了。

茅台镇的国酒文化馆是个坚定酒徒自信心的地方。在那里你可以和历史上众多著名的酒徒相遇，比如李白、阮籍、曹雪芹。这些酒徒先辈的雕像或站或卧，神态毕肖，酣畅淋漓。"自古圣贤皆寂寞，唯有饮者留其名"，干什么都不如喝酒更能流芳青史，李白早就明白这个道理。

赤水河这条中国历史上闻名遐迩的河就在茅台镇的北边，在那里可以看到沿着赤水河绵延起伏的建筑群。据说茅台镇现在有几百家造酒的作坊。呼吸着空气中经久不息的酒气，你在想，如果一个人一生都在茅台镇足不出户，一生都在酒气的氤氲下那会是什么样呢？酒气会浸透到他的骨头里，他对酒的感情是不言而喻的。

熄烽集中营：历史不能承受之重

小时候读小说《红岩》就知道除了"白公馆""上饶集中营"之外，还有一个"熄烽集中营"。当时并不知道它在贵州。熄烽集中营遗址是我们贵州高原之行的黑暗之旅。它让我感到压抑而不舒服。

人类罪恶的历史也可以成为遗址供人们参观，它的本意自然是告诉人们，让罪恶不再重演。可是我不喜欢到那样的遗址去，理由是不愿意把自己的心情搞得太沉重。旅行总是希望高兴而去满意而归。可是如果没有这样的遗址，我们或许会将人类的历史想象成永远是一段阳光灿烂的日子。尽管追逐光明、向往光明是一种本能，但是我们必须知道黑暗是什么样子。而且所谓"黑暗"是相对于光明而言的。因而会有"奥斯维辛""白公馆""熄烽集中营"这样一些黑暗的遗址。

在这个黑暗的遗址中我看到很多人们所景仰的名字，比如杨虎城将军、许晓轩等。这样的地方是考验一个人信仰的地方，真正的信仰的故事往往在这样的环境里才会产生，如同火花只能在黑夜中闪烁一样。一个人的信仰只有在这样的环境中才知道是真还是假。我见过很多标榜自己有信仰的人，只是无法判断其真假。言行不一的现象任何时候都不少见。一个先哲教导我们：判断一个人不是看他说什么，而是看他做什么。可是很多时候我们只能看他说什么，而不是做什么，因为做并不是一件想做就能去做的事情。比如你总不能为了检验一个人是否言行一致，就将他投到熄烽集中营里吧？真正有信仰的人是让人肃然起敬的。许晓轩烈士在临行前有一段话："请转告党，我做到了党教导我的一切。在生命结束的最后几分钟，仍将这样。希望组织上经常注意整党整风，清除非无产阶级意识，保持党的纯洁。"这样的话在今天的领导讲话中经常听到，可是我们不会感动。但是50多年前，在那样一个地方就不一样了。

2008 年

行色匆匆

在远离大海的高原尤其是在山峦起伏的滇西想象大海是一件很诗意也很浪漫的事情。大海在你的想象中异常的遥远和生动。

对北海的最初印象来自于弟弟的炒股,他曾购买了大批北海新力的股票。那时南昆铁路尚未通车,他指着地图告诉我,只要南昆铁路一通他的股票就会成倍地增长。后来的事实证明了弟弟的远见卓识。从此让弟弟的财富迅速增长的股票所带有的这个海边城市的名字在我的印象中深刻无比。

事实上这个城市距离我们并不遥远,至少不如我原来想象的那样遥远。只不过19个小时我就从沉浸在世博会的欢乐与嘈杂中的昆明来到了这个在我印象中十分遥远的城市。事实上我对这个城市缺乏兴趣(我对所有的城市都缺乏兴趣),而它身边咆哮的大海才是吸引我来到这个城市的原因,可是在我最初到达时我只能看到这个城市。这个城市阻挡了我瞭望大海的视线。宾馆的服务员告诉我远处就是大海,可是除了城市上空辉煌夺目的灯火之外我什么也看不见。

按照地图的指引我来到北部湾的海滨浴场——银滩公园。现实中的大海和所有高原人想象的大海并无二致，置身于大海你仍然沉浸在昔日虚构的大海中，你不知道它与眼前的大海哪一个更为真实。你甚至觉得虚构中的大海比眼前的大海更为生动而富于激情。海滩上色彩缤纷的遮凉伞使大海充满了某种慵懒与暧昧的意味，只需要30元你就可以获得一把遮凉伞。你可以从红色的阴影下面眺望大海，一直到潮水淹没了你的膝盖，然后你重新挪个地方，重新打量你内心其实已经非常熟悉的大海。你的瞭望常常会被一些身着泳装的年轻女人打断，她们愿意和你一道随波逐流畅游大海，代价是每小时50元。如果看到你多少有些犹豫时她会说还可以打折的，40元也可以。在海滩上来往着很多以此为业的女人，只是她们的生意似乎并不怎样好，因为起伏的大海里除了游泳之外什么也做不了。

　　事实上我在城里的时间要远远超过在海边的时间，相对于城市而言大海犹如一个虚幻的世界，它不能满足你吃饭、睡觉的现实需求。因而从海边回到城里仿佛从想象的世界回到现实的大地上。其实我们对城市的了解远甚于对大海的了解。现实比虚幻的理想更为重要。

　　北海是个让人感到空旷的城市。街道的两旁并不是我们习以为常的店铺，而是让外地人略为感到有些挥霍的草坪。布局合理的街心花园和广场、宽阔的街道和同样宽阔的草坪很容易让人联想到海洋的辽阔。即使和我居住的滇西小城比较北海的车流与人流也显得较为寥落。我从一位出租车司机那里了解到，早年的北海是个渔村，真正的北海人是原先的渔民。如今这些

行色匆匆

渔民的后代大多改弦易辙开出租或做生意。可能是北海作为一个城市的历史过于短暂或者是在大海横行惯了的缘故,这些渔民的后代们似乎对马路上清晰而规范的交通标志视而不见,摩托车、人力三轮、自行车在大街上不管方向横冲直撞。北海的交警似乎也显得比其他地方的宽容豁达。好在北海的街道异常宽阔,允许他们像在大海里那样自由地行驶。只是有一点是确定的,那就是他们迟早将会服从城市的秩序,会明白陆地与大海有着不同的规则。不过那时候这些被城市驯化了的渔民的后代们的身份就有些令人起疑了。他们还算是渔民吗?还会属于大海吗?

北海是个年青而又野心勃勃的城市,它的交通图上没有像历史悠久的城市那样布满了蛛网般纵横交错的历史脉络。它的每一条新建的街道都毫无例外地以全国的省份或著名城市来命名。比如"云南路""四川路""昆明路""上海路"等等。这可能隐含着北海人的一种企图与野心:就是以一种博大的胸襟包容中国所有城市的文化精神。不过他们或许最终将会明白,太多的个性其实就是没有个性。因而北海至少现在还处于一种缺少文化个性或文化杂乱无序的状态中。过于厚重的历史文化可能会使一个城市或人群步履蹒跚,然而一个没有被岁月淘洗过的城市也可能会因此而失重。北海需要的或许只是时间而已。

从北海到海口要在海上航行一夜。傍晚六点上船,次日早晨六点便可抵达海口。这个事实让人觉得北海与海口仿佛是用夜晚连接起来的。它们分别处于夜的两端。

儿子一想到要在一个黑夜中穿越茫茫的大海来到大海的另一

个地方,他就有些按捺不住的兴奋。他迫切地希望航行的途中能遇到鲸鱼或别的什么凶猛的海兽,就像他那个年龄所阅读的书籍里经常会出现的冒险的故事。椰城1号客轮从漂浮着油渍的港口和拥挤不堪的船舶间缓慢地驶出,夕阳也开始同样缓慢地没入海的尽头,城市像一片垃圾似的很快被扔到了远处,只余下一片越来越遥远然而却很清晰的辉光。直到最后一点光亮也渐至消失后,大海便陷入了一片辽阔的黑暗中。除了海浪撞击船舷的声音外,你什么也看不见。只能从散发着腥味的潮湿的海风中感受大海的存在。

据船员说那晚的风浪与平日相比有些大,这一点从轮船的摇晃程度上也可以知道。妻子有些晕船便回到舱里一动不动地躺着。我和儿子站在船舷边默默地注视着黑暗中的大海。每次远处有隐约的白浪向大船涌来时,儿子便指着说,快看又过来了。然后轮船便发出轰然的巨响同时伴随着一阵摇晃,甲板上就落下一些零星的水珠。儿子问我,要是有人这时掉下去会怎样?我说会淹死的。他说如果会游泳而且一直不停地游下去呢?我说那也不行,因为你根本不知道哪里是岸。儿子沉默了一会儿说还有鲨鱼。他又说那个老人怎么还能在大海上漂了三天三夜呢?我知道他不久前刚看了海明威的《老人与海》。我只好说那是故事,是表现人类与自然的关系。我和儿子的谈话始终是在海浪扑打船舷的轰响和摇晃中进行的。儿子的恐惧是在一个大浪几乎溅到甲板上之后开始的。他退到甲板中央双手紧紧地抓住拴缆绳的铁墩。他说会不会像电影《泰坦尼克号》那样撞到冰山上?之后他回到船舱隔着玻璃看大海,他说这样就

行色匆匆

不害怕了。直到月亮出来后我和儿子才又重新回到甲板上。月光下的大海显得凹凸不平诡谲万分，此时海浪虽然还在不断地扑打着船舷，儿子却显得有点司空见惯的样子，比先前从容多了。儿子所期望的鲸鱼或者鲨鱼始终没有出现。他在失望之余发现了一个睡在甲板边的人，这个人似乎已经睡着了，他头下枕着行李，身下铺着几张报纸。显然这是一个没有买到床铺票的人。几天后儿子还为此而惊讶，"他真的睡着了吗？他怎么就不害怕呢？"

海口市区游览是旅行社安排的第一个项目。这个项目是在车上完成的，导游迅速地告诉你这是哪里那又是哪里。这使你对于海口的印象仿佛是看了一场电视风光片。唯一印象深刻的是海口随处可见的尚未竣工的建筑，几乎每条街都有，有十几层的、二十几层的，水泥柱上的苔藓可以看出这些建筑物停工已颇有些时日了。导游说这是海南前几年泡沫经济的结果。我不知道"泡沫经济"这个比喻是否源于海南？我只是觉得这个近年涌现的新词从海南人嘴里说出来有一种沉甸甸的分量。

万泉河是一条具有非凡历史的普普通通的河流。关于它的历史我是通过电影《红色娘子军》和传唱多年的优美歌曲了解到的。导游甚至没有让我们下车，只是停下车隔着玻璃告诉你，这就是万泉河，李双江歌里唱过的万泉河。可能是停留的时间太短的缘故，真实的万泉河似乎只使我感受到了艺术与生活的差距。

兴隆温泉是我们当天的目的地。据说当年的红色娘子军们就是在兴隆与南霸天浴血奋战的。镇里的公路边有棵满目疮痍的榕树，从树上悬挂着的一块字迹斑驳的牌子上，你知道当年红色娘子军的党代表洪常青就是在这棵榕树下高喊着"共产党万岁"被烧死的。只是如今的兴隆肯定比红色娘子军那个时候繁华多了，度假村、别墅、优雅别致的街灯与周围繁茂的景观构成一种很有意思的对比。导游说兴隆是个很开放的地方，三不管。我没细问是哪三不管。导游说话时的表情丰富而暧昧。他说这里有人妖表演，还有脱衣舞。当地流行着一句话：到了兴隆才知道自己的身体不好。

入夜，我与家人到外面散步，在洪常青英勇就义的那棵榕树下不难发现一些很有职业特点的女性们的身影。这些洪常青是看不到了，但是大榕树却是看到了。只是树和人没法交流，你不知道大榕树在想什么。儿子对兴隆不感兴趣，他说这里还不如腾冲热海好玩。他问我天涯海角还有多远。

1997 年

滇东散记

广南"桃源"记

陶潜的《桃花源记》是我们早的文本,在很多情况下,我们只是将它视为一个遁世文人的虚拟的世界。文学的好处是它可以实现很多在现实中不可能"存在"的东西。文人的想象力使原本子虚乌有的事物栩栩如生。不过我想炮制这类文本的很可能都是些绝望的文人。没有人会对这种绝望的产物当真。"桃花源里可耕田?"20世纪的一个伟人是这样表明他对这个虚拟世界的态度的。

然而,在文山州广南县的坝美村,我却看到了一个"桃花源"的真实版本。

那天,我和一群被人们称作记者的人,内心里充满着各种杂念和欲望的人,去一个被人们叫作"桃花源"的地方。道路是在大地上刚刚开辟出来的,像一条红色的裤带在一座座孤立而形状奇怪的山峰间蜿蜒,令人想起广西、桂林一带的山。云南东南部的山都是这样各自为政，不像滇西的山那样浑然一体。

天黑时，我们来到距离"桃花源"还有十多公里的一个集镇，那是一个我们所熟悉的充满世俗气息的乡村集镇，沿街都是店铺和饭馆，无所事事的乡村少年聚集在街道边的台球桌周围。在那些光线昏暗的铺子里，你可以买到最近流行的盗版光盘。卖光盘的小伙子，向我们描述了进入"桃花源"的道路，他说要划船穿过一个漫长的山洞，才能抵达那个叫坝美的村庄。那里没有电，自然也就没有电视和电话。在全球化的说法甚嚣尘上的时代，这样的存在犹如一个神话。

我们在黑暗中向一个神话驶去，如同被人用布将眼睛罩住，然后告诉你，到了。车子停在一座独自兀立的山峰前，与我一路司空见惯的山峰一样。山峰之下是一个巨大的洞穴。据说洞穴的另一端，就是我们要抵达的"世外桃源"。我站在黑暗的洞穴前犹如站在所谓的"世界"去想象"世界之外"是什么样子。我什么也看不见，只能感觉到山洞的巨大，大股的水流从洞内涌出。每个人手里的电筒使山洞前的水面发出支离破碎的反光，水面上泊着很多小船。随身的行李只能放在车上。这行为本身充满某种隐喻，抛弃尘念才能进入山洞深处的"桃花源"里。

每条小船只能坐三四个人，洞里的水面很宽阔。电筒的光亮只能照亮山洞的某个局部。闪烁的电筒使洞顶的钟乳石像一群精怪似的站出来；成群的蝙蝠从深处飞出，像是某个恐怖片的开头。洞赋予了所有人丰富的想象，记忆里的某个民间故事里的阴曹地府的情形，此时在电筒之下栩栩如生。我们的吼声和歌声在山洞里荡来荡去犹如一群水妖。划船的村民告诉我，这

行色匆匆

个洞有 900 米长,因为是逆水要四十多分钟才能走完。有些地方,怪石密布,必须从中间穿过去,有冰凉的液体滴下来,沿着脖子往下流,你能准确地知道它在身体上流淌的部位。我们都把自己想象成一名正在经历险境的探险者(事实上我们毫无危险,穿着救生衣,坐在船上无所作为,在洞穴里让想象犹如蝙蝠那样飞舞)穿过黑暗的洞穴,就可以抵达那个古人笔下的世界。这个想法符合人类从古至今的思维模式。我们相信"黑暗的洞穴"会通向某个神秘的去处,阿拉伯神话中隐藏财富的地方。

  洞里的石壁上有一尊雕塑,一个峨冠博带的古人站在一块礁石上凝视着我们。走近了才看清不是"雕塑"而是一个浑身湿漉漉的钟乳石,这个石头的形象比较固定,不像有的石头,每个人因位置、角度、光线的差异,都会说出一个新的"喻体"。船夫说这是"陶公像",所谓"陶公"肯定就是陶潜老先生。坝美村的壮族居民也知道陶潜?船夫说,他们原来把这个石头叫"石佛",后来县里的人把它叫作"陶公像"。原来这是一块已经被文人"整理"过的石头,我担心会不会在某一天,坝美村旁矗立起一座壮族村民们都不认识的陶潜雕像?

  黑暗的洞穴之旅快要结束时,你会呼吸到从田野和树林里传来的气息,不像在洞里潮湿的水气。一切都像陶潜老先生的版本那样,"仿佛若有光,便舍船,从口入"。经过一座竹桥之后便是一片静谧的盆地。村庄在坝子的另一端,沿着稻田边一条石砌的小路就可以抵达。没有电,整个村庄像一团影子匍匐在更大的黑影之下,这更大的黑影就是山。

村民们已经做好饭等着我们。免不了喝酒，壮族少女的祝酒歌柔软而纤细。然后是篝火，火光将壮家少女的脸映得通红。篝火晚会开始之前，一个黑瘦的壮族小伙子手里拿着节目单，用结结巴巴的壮族普通话告诉我们现在将要上演的节目和内容介绍，节目单显然是出自县里某个文人之手，华丽而矫情。舞蹈的节目也大多是《壮乡人民歌颂党》之类。我从火光映衬的壮族妇女生硬的舞姿中看到的是当地县文工团的影子，而不是那种壮家随心所欲发自内心的生命之舞。县里的一个官员说，那种舞缺乏观赏性。晚会开始变得流畅的时候是在表演结束时与壮家少女牵手而舞的时刻。主持节目的壮族小伙子唱起了壮家情歌，一波三折，松弛而自然，与主持晚会时操着普通话的结结巴巴的小伙子判若两人。"桃花源"里的壮族女人一律娇小苗条，细眉细眼，属"袖珍型"的那种。据说壮族青年男女可以"先上车，后买票"。这使我们难免有些想入非非。

当晚我们分散到各家去住。一行人捏着电筒跟着房东，像水一样消失在这个叫"桃花源"的村庄里。我发现正房里悬挂着电灯。我的房东侬福亮告诉我，不是电灯，是沼气灯，房东是个精干的壮族汉子。他说坝美村的人都是从广西迁过来的，可能有五六代人了。我听到的最流行的说法是，坝美村的壮族最初是因为躲避战乱而来到了这里。这样的说法几乎没有破绽，相当符合中国漫长而动乱的历史。只是我相信喜欢逐水而居的壮族，在一次偶然中发现这个山洞深处的坝子，像哥伦布发现美洲一样，于是某个家族就从原来的世界消失了，迁徙到这个与世隔绝的世界。这种可能也应该是有的。我想这个家族的消失同时也许会成为当地史志上一个充满猜测的历史之谜。侬福亮说坝美村有的老人一生都没有走出过山洞。据说坝美村没有进行过土改，自然也就没有阶级成分一说，这与"桃花源"一词的"所指"相当接近。现在，坝美村的年轻人与外面世界的接触相当频繁。我看到有很多背着竹箩的壮族妇女来到山洞前的渡口等待渡船。像我的房东侬福亮这样的壮族男人都有到外地打工的经历，侬福亮告诉我，他曾经到过广东一个建筑工地打工。坝美村有一所小学，只有三个年级，念到三年级以上就要到洞外的小学去就读。他们与所谓"世界"的距离只是一个顺流而下的山洞。

在"桃花源"里，我没看到桃花。我所看到的是一群在我们之前的记者在洞口前的山坡上种下的桃花。此刻，那些所谓的"桃花"只是一些在初冬季节里黑色的树杈而已，距离真正的桃花还很遥远。在每棵可能会成为"桃花"的树杈旁都有一个小牌，上面写着栽种者的单位名称，如中国青年报、经济日报等。"桃花源"里居然没有桃花，这个事实使这些来自北京的记者同行深感遗憾，他们希望在所谓的"桃花源"里看到一千多年前那个古人笔下的"桃花"，这样就与"桃花源"这一命名更加名副其实了。

坝美村是一个约3平方公里的坝子，有河流曲折流过。河面上水车密布，不停地发出吱吱呀呀的声音。这不是那种"世博园"里具有装饰意味的"水车"，而是真正的仍然在发挥着灌溉作用的水车。河流在盆地中央分成两岔，一条叫"男河"，另一条叫"女河"。据说每天傍晚男人便到"男河"，女人则到"女河",赤身裸体的男女一边洗浴一边隔河对歌。我没有看到这样的情景,我像一个过客匆匆而来,匆匆而去。我当然希望混迹于河里的男人中间,可是我不会去对歌的,因为我唱不出来,我只会内心卑鄙地"窥视"着女河中赤裸的壮族妇女,因为心里不干净。

"桃花源"四周都是陡峭的山峰,山峰之上是大片的原始森林,常有猴子出没,因而当地人叫"猴爬岩"。据说那里也有一条山路通向外面,但极为艰难,少有人走。因而划船从洞中穿行,几乎成为坝美村与外界联系的唯一方式。

坐着水牛车穿越这个被山峰围困的坝子,抵达另一山洞时,沿途的景色使你会相当自然地想起"桃花源"这个词,不需要丝毫的想象力。离开坝美村的另一个山洞,已经不再是黑暗的,它已经通了电,因而整个山洞五彩缤纷,犹如一个被"打开"的山洞。在云南,这样的山洞到处都是。其实我现在看到的坝美村,已经不再是隐匿的,而是一个被打开的"桃花源"。你可以手持着那个人们熟悉的经典文本,去印证两者的一致性。

从另一山洞弃船上岸时,我仍然恍如隔世一般。在山洞前看着大股水流从山洞里涌出时,我仍然想象不出,洞的另一端居然还有人类栖居。

1995 年

驮娘江边的古镇

在云南高原,"遥远"是经常会遭遇到的词,一如我们视野中的南盘江那样在云南的群山中蜿蜒。我们的目的地是云南省最东端的县城——富宁。现在,它还是一个隐匿在无数山峰之后的遥远的地方。

我所看到的南盘江是一条混浊的江,同行的富宁县委宣传部的韦副部长说,南盘江的水永远都是这样。此前,我只在徐霞客的游记里看到过南盘江,徐霞客将南盘江与澜沧江作了比较。现在,我看到的南盘江只是一条在山谷中的慵懒的江,远没澜沧江那样的气势,显然它已经失去了徐霞客时代与澜沧江比肩的资格。沿岸的植被并不丰富,绵延的红土上遗留着收割后的庄稼的残余。只是在略显萧瑟的景色中会突然出现一个湖泊。高原上的湖泊,这些有名或无名的湖泊,使红土高原的大地生动而湿润。我发现它们都有一个美丽的名字,比如"仙湖"之类。

进入广南之后,原来浑厚连绵的山峰仿佛突然变成无数个个体,每座山峰都是孤立而峭拔的,而且每座山峰的形状都不同于另外的山峰。在夕阳的逆光中这些个性纷呈的山峰犹如一群正窃窃私语的人。

富宁的遥远是在车里体会到的,12个小时,甚至更长的时间在高原道路上行驶,尤其是饥饿的时候,你的脑子里最深刻的词肯定是"遥远"。富宁距广西百色只有一百多公里。用他们的话说,从富宁到南宁都要比到昆明近得多。黑夜中你还可以看到那些更为"遥远"的东西,比如从昆明到南宁的班车,更令我充满敬佩的是,景洪到湖南湘潭的班车。当有人可以喝着咖啡飞越到世界的另一端时,这些在云南高原颠簸的客车,只能是从一座山峰抵达另一座山峰,从一个峡谷抵达另一个峡谷,像一个节奏缓慢的古老的故事。所有我们熟悉的经典故事一般都选择这样的场景。缓慢的驿车里总是会发生一些古老而经典的故事,特别是爱情。然而,一路上我们除了昏昏欲睡之外,什么也没有发生。

继续往东,抵达一个叫剥隘的古镇时已是第二天中午,这是一个距广西百色只有9公里的地方。剥隘古镇是个临江而筑的小镇,驮娘江从古老而密集的房屋前流过。雨水或从老房子里流淌出来的、"洗刷"过各家日常生活的水,沿着剥蚀的墙角、菜园,沿着青石板路流到驮娘江里。我所看到的剥隘古镇是一个一成不变的、被岁月日益"瓦解"的世界。潮湿的青石板在各家的门前穿过,不断伸向老房子的"深处",悠长、蜿蜒。屋檐下晾晒着色彩鲜艳或暗淡的土布衣服。我相信那些生长着苔藓的房屋里仍然保存着所谓"旧世界"应具备的一切。临街的房

行色匆匆

屋前都有一个走廊，门前会有一个石头打制的凳子。与剥隘古镇相反的是，石凳在岁月中变得日益光滑细腻。坐在表面光滑的石凳上，心想要多少人才能将石凳坐磨得如此光滑？

乡里的人告诉我，剥隘古镇始建于北宋时期，当时广东、广西的商船从珠江、浍江溯流而上，沿着右江，抵达剥隘驿镇。再从陆路进入云南各地，这条云南最早的水路，史称"壅道"。现在想来，剥隘古镇当年的地位远非一般的驿站可比，它其实是一个"港口"，一个连接水路与陆路交通的"港口城市"。此刻，我所看到的青石板两侧的建筑都是当年的商号，这是一条剥隘古镇当年最繁华的街道，叫"临江路"。我看到那些正在朽坏的房屋上的门牌上仍写着"临江路"。站在临江路上想象当年的繁华是困难的，它的商业气息早已被眼前的日常生活所覆盖，这些当年的商号前如今堆满了从驮娘江捞上来的柴禾，不时有背着篮子从自家菜园出来的妇女。剥隘的商业活动已经从当年的码头转移到现在的公路边了。

穿过一片老旧的建筑之后，就是从前的剥隘大码头，有长长的台阶伸向驮娘江边。台阶之上是一个高大的拱门，长满苔藓的门楣上的字迹仍清晰可见，只是我看到的却是"博爱大码头"。据说，剥隘古镇也曾叫过"博爱镇"。拱门年代看上去不算太悠久，至少不能和剥隘古镇里建于北宋时期的"粤东会馆"相比。且建筑风格略显西化，与周围的民居有着明显的差别。我疑心是否当年得风气之先的广州，将当时知识分子中流行的"自由、平等，博爱"的口号从珠江载入这个古老的码头？于是"剥隘"便成了"博爱"。在剥隘大码头，乡里的人向我们再现了码头当年樯桅如林的繁荣景象。台阶两侧是些断壁残垣。据说这是当年的"花房",类似于今天的"发廊",是当年来往于剥隘大码头的商人们快活的地方。现在成了菜园,有青菜、白菜生长。江面上仍可见到一些机动船和舢板,没有来自珠江、浧江的商船和脸色黝黑的船员。

剥隘古镇犹如一部中国西南历史的缩写本,几乎所有影响过中国的历史事件都在剥隘古镇身上留下过痕迹。作为右江起义之后的百色革命根据地的组成部分,剥隘仍然遗留着当年红军的足迹,刘邓大军进军大西南也是从剥隘古镇进入云南的。我在那些斑驳的建筑物的表面看到红军留下的标语,刘邓大军进军到西南时留下的标语,"文革"时期的毛主席语录,还有计划生育的标语和九年义务教育的标语。中国的标语在这个古老的驿镇里有着充分的展示。层层叠叠堆积起来的历史使剥隘成为一个在时间上令人恍惚的地方。

从剥隘码头坐船在驮娘江顺江漂流,或溯流而上,你看到的是另一种历史。这条在云南最东端浪漫流淌的江,它的命名与一个民间传说有关。这样的传说在中国大地随处可以听到。从某种意义上说驮娘江才是剥隘真正的"道路"。因而,在那里我所看到的很多壮族村寨都沿江而筑,犹如现在建在路边的村寨。那些村落多半通过水路与外界联系。虽然现在也修了公路,但这些走惯了水路的村民仍然习惯于用行船的方式出入。这些被大山与森林遮蔽着的村寨,你只有在驮娘江上才能看见它。在驮娘江上你可以看到晾晒在简陋的房屋前的衣物,悬挂着的苞谷和用竹子搭起的"阳台"。那是他们最为平坦的院子。"阳台"

行色匆匆

随时都会有老人在晒太阳,女人驻足眺望她在江上行船的丈夫。我的船老大在江上大声告诉他婆娘,"我不回来吃饭啰"。我看到女人的手臂和头发一起在江风中挥舞。

驮娘江属于珠江水系。船老大告诉我,只要一直漂下去就可到广州。我问他漂到过广州吗?他说没有,那是从前的事了。

江上远看剥隘古镇,犹如一个凭江踞险的古代的城堡,然而这是一个即将从大地上消失的"城堡"。两年之后的百色水库彻底覆盖这个北宋时期的古镇。那时,我此刻看到的剥隘古镇将成为一片碧波如镜的湖泊,谁会想到水底下还隐匿着一个千年古镇呢?

1995 年

红河谷纪事

在哀牢山腹地的新平,我看到了我神往已久的河流——红河。高原上的河流是神秘的,它犹如一道隐匿着高原所有秘密的地方,在远处你是看不到它的,你所能看到的只是一座座沉默的山峰,和阳光下摇摇晃晃的花朵。河流在群峰之下、森林之下永远不停地奔流。红河是一条在高原上浪漫流淌的河流。这条河谷里的所有风景都裸露在红河两岸。

漠沙是红河谷边的一个美丽的小镇,随处生长的棕榈树、槟榔树使小镇富于亚热带浪漫情调。红河在小镇下面温柔地有些神情慵懒地流淌着。"红河"是地理教科书上的名字,在这里人们把这条江叫作漠沙江。即使在冬季仍然随时可见穿着短衫的人们,在这样的地方想象冬天是困难的。温暖的红河谷似乎极容易滋长生活在这里的花腰傣人内心的浪漫。漠沙是花腰傣的故乡,据说有百分之六十八的人口是花腰傣。

在红河谷,在他们自己的故乡,花腰傣按照他们自己的方式快乐地栖居。红河谷里的花腰傣自称是古哀牢国的土著——

"濮人"的后裔。东汉永平十二年（公元69年）哀牢归汉，他们仍然坚守着自己的土地与传统，抵抗着哀牢"内附"之后的强大的汉文化。据称他们至今仍然保持着古哀牢国的传统与习俗，信奉原始宗教，在其他傣族地区广泛流行的小乘佛教始终未能进入红河谷花腰傣中。在红河谷花腰傣的宗教中，自然是他们的最高的神祇。对于"哀牢归汉"，花腰傣与我们的历史书籍有着截然不同的评价，"柳貌丧国"是花腰傣对这一历史事件的基本看法。当年率部族五十五万人归附汉朝的哀牢国王柳貌，在花腰傣的历史叙事中是以一个叛国之君出现的。前者是鲜明的民族立场，后者则是大一统的汉文化中心的立场。

与其他地区傣族的干栏式建筑不同的是，花腰傣民居是那种"土掌房"建筑，房屋的四面都是用黏土夯成，屋顶铺上圆木、树枝，再铺上黏土夯实。平整的屋顶可以晾晒粮食，或成为他们活动的场所，可以站在各家的屋顶上聊天。我所看到的花腰傣的村寨与大地浑然一色，犹如一座座在槟榔树下起伏的丘陵。它的建筑风格更类似于古代的北方部落。

在漠沙江美丽的大淋浴村，我看到一群服饰艳丽的花腰傣妇女，腰间系一条绣花腰带，每个人的腰上都挎着一个竹子编织的秧箩，头戴一顶帽檐上翘，状如鸡枞的篾帽。花腰傣女人篾帽的戴法与我见过的德宏、西双版纳的傣族不同，一律向脸部倾斜，因而你看不到她的脸，只能通过她满身的银器饰物和犹如竹子那样柔软的腰肢来判断她的脸。这使我们注视每一个花腰傣女人的目光，都显得有些不怀好意。花腰傣是一个非常注重服饰的民族。据说，每个花腰傣女人从七岁就开始学习绣花,并开始为自己缝制出嫁的新娘装。那是她一生中最大的也是唯一的"作品"。据说一套出嫁的服装加上银器饰物,可价值万元。每个花腰傣女人都是爱情至上者,从她们懂事后,最大的理想就是为自己未来的爱情做准备。

在大片槟榔林下,那些衣着艳丽头戴鸡枞帽的花腰傣女人们在翩翩起舞。你看不清她们的脸,只能看到满身的银饰在阳光下发出耀眼的光芒,叮当作响。与所有我们熟悉的傣族人一样,她们的舞蹈犹如竹子那样柔软,强调手部的动作。我发现几个只有六七岁的小姑娘也跟在狂欢的队伍里,表情认真地模仿,唱着情歌,犹如在学习一门很严肃的课程。现在,她们当然不可能理解歌词的内容,然而,每一个花腰傣女孩几乎都是这样成长起来的,她们对于爱情的最初的启蒙,不是在所谓的书本里,而是在槟榔树林下的欢乐中完成的。

当青年男女在高大的槟榔树下狂欢时,那些年老的花腰傣老人却坐在不远处的槟榔树下,嚼着槟榔表情平静地注视着年轻人的爱情。岁月使他们成了一群爱情的旁观者。一个面色黧黑的花腰傣青年并不同意我的看法,他说,爱情是不分年龄的,在这里上年纪的人一样可以有自己的情人。

与德宏、西双版纳的傣族不同,在这个崇尚爱情的红河谷里最重要的节日是"花街节"。每年农历正月十三日的"上花街节"与农历五月六日的"下花街花",红河谷里的花腰傣少女便云集到大沐浴村,她们是各村寨选出来参加比美与展示服装的少女。一队队盛装的少女犹如天使般降临在槟榔树下。这也是一个花腰傣小伙子择偶的节日,我想象的情形应该是这样的,

行色匆匆

小伙子们像蜜蜂一样在突然怒放的花丛里乱撞。每当有一对青年男女消失在槟榔树林里时,就意味着红河谷里的土掌房将出现一个新的家庭。一个花腰傣小伙子告诉我,他的父母也是在大沐浴村的"花街节"里认识的。

  我所看到的红河谷是一个张扬爱情与美丽的河谷。现在,大沐浴村的"花街节"已经被炒作成"东方情人节"。我想肯定会有很多像我一样心照不宣的人混迹于人群中。

1995 年

琅勃拉邦印象

看过了很多城市,我承认琅勃拉邦还是超出了我的想象。金碧辉煌的寺庙、法式风格的建筑、椰树林下不时闪过的僧侣、坐在湄公河边的阳光下裸露着臂膀上黄色汗毛的欧洲游客、骑着自行车在琅勃拉邦大街小巷里穿梭的西方情侣,这一切都使琅勃拉邦——老挝的古都呈现出一种东方的神秘与法国风情奇妙的交织,像是专门为某部电影而准备的一个从法国移植而来的小镇。湄公河、南康河绕城而过。此时的湄公河显得烟波浩渺,坐在椰子树下静静地欣赏湄公河落日和逆光中剪影般的船只,如果再有一杯老挝黑啤,这肯定是可以让人回忆很久的片段。

让我产生错觉的是——在琅勃拉邦所有的街道上或寺庙里,熙熙攘攘的都是金发碧眼的欧洲游客,仿佛欧洲人相约到这个东方古城举行一个声势浩大的集会,老挝人似乎全部躲在家里把这个东方旧都留给欧洲人。至少在琅勃拉邦我看到的老挝人要比欧洲人少很多。在琅勃拉邦,那些摩肩接踵的欧洲人让我感觉仿佛置身于 18 世纪的某个欧洲小镇,而不是我印象中的生

行色匆匆

活在热带丛林里的老挝。琅勃拉邦真正的主人似乎并不是老挝人，而是那些大摇大摆的欧洲人。欧洲人把琅勃拉邦变成了一个他们自己的故乡。只有在店铺里、旅馆里你可以看到表情温和谦恭的老挝人。

夜晚的琅勃拉邦是最让人恍惚的，街道两旁法式别墅里，一律亮起昏暗略有些暧昧的灯光，灯红酒绿的那种。酒吧、咖啡馆的招牌是法文或英文。所有的座位上都是金发碧眼的游客。他们或是打开手提电脑，或是一人独坐优雅地品着咖啡或是红酒。酒吧里的音乐肯定不是老挝土著人的音乐，爵士的，或是古典的。在椰树阴影下、在古老城邦的角落里你可以看到，欧洲情侣耳鬓厮磨、窃窃私语的身影。在琅勃拉邦，这些欧洲人的后代在重温他们的父辈或者怀旧电影里才会出现的殖民时光。

琅勃拉邦人一般是在清晨的时候才会大规模地出现，与夜晚不同。此时，这个古老的城邦开始恢复为真正的老挝人的城邦。因为每天清晨僧人们都要出门化缘，这个传统在琅勃拉邦已经延续了上百年，像是一个每天都在上演的节日。

早晨六点多（老挝时间，相当于北京时间七点），白天蛰伏在家里的琅勃拉邦人像潮水一样涌到街上，他们带着各种各样的食品、煮熟的米饭，分别跪列在街道两边。每个人的面前都堆满了准备捐赠的东西。赤脚，身着黄色袈裟手持银钵的僧人从寺院大门鱼贯而出。很快，由施舍者和被施舍者组成的队伍，在老挝旧都的皇宫前绵延数里。施舍者与被施舍者一律表情肃穆。僧人目不斜视、缓慢地从跪着的人前面走过。僧人手中的银钵很快就被各种各样的食物装满，有煮熟的米饭、饼干、老

辑 三

挞币。我看见那些僧人的银钵装满后,他们又把银钵里的东西回赠给跪着的人。此刻被施舍者又成了施舍者。没有人会在乎你施舍什么。一撮饭与一叠老挝币,施舍与被施舍一样高尚。我看到一个老人往僧人的银钵里投了一撮饭,僧人从银钵里抓了一叠老挝币给她。也有跪着接受施舍的人,他的面前没有任何东西。于是所有从他面前走过的僧人都从银钵里抓一把东西给他,很快他的面前就堆满了各种各样的食物。在跪着的施舍者队伍里也有手持塑料袋的孩子,这些孩子一般都站着,每个僧人都将银钵里的东西抓一把给他们。有人告诉我,这些接受施舍的孩子是孤儿。据说在琅勃拉邦也有很多孤儿,但没有人会饿饭。这些靠施舍长大的孤儿,一旦他自食其力后,他肯定又会成为一个施舍者。据说所有施舍的食物到了寺院后又捐助给孤儿和穷人。在琅勃拉邦,我看到了世界上最好的社会保障制度。

绵延数里的施舍与被施舍的场面是令人震撼的。很多欧洲游客到商店里买来东西,自动加入到施舍者的队列。于是琅勃拉邦施舍者的队伍里出现了一些金发碧眼的施舍者。画家王首麟、书法家马骕表情沉重,他们说这个地方的人"不会干坏事"。说话时俩人泪光闪闪。在这里一切都是日常的,每天都要举行的,延续了上百年的行为。没有人号召,没有电视直播,没有官方长篇阔论空洞无物的讲话,更没有令人屈辱的接受捐赠者感激涕零的道谢。与我们司空见惯的那种居高临下的施舍不同,在琅勃拉邦,施舍者跪着,被施舍者站着。在这里,应该表达谢意的是施舍者,而不是接受施舍的人。我看到几乎所有的施舍者在完成他的施舍行为后，都低着头，双手合十，说一声"柯木在"（老挝语：谢谢）。一位老挝的知识分子是这样解释的："财富是神赐予的，应该让所有的人分享。"随行的导游小李告诉我，在老挝穷人并不羡慕富人，富人也不会歧视穷人。穷人和富人之间没有仇恨。因为在神的面前，所有人都是平等的。"钱多的多施舍一点，钱少的少施舍一点，一样的啦"。

  我突然开始理解，为什么我见到的老挝人都显得宁静而安详。在普西山眺望琅勃拉邦全城，它的美丽是令人惊讶的，湄公河、南康河一左一右，热带阳光下寺庙金色的屋顶、法式建筑的尖顶在密密的椰林中闪烁不定，这让我想起了"天堂""乐园""栖居"一类词。普西山的一个洞穴里保存着一个巨大的脚印，琅勃拉邦的人说，是神的足迹。琅勃拉邦人就是在神的指引下，追随着神的足迹来到这里的。

2010 年

后 记

本书是由多年旧稿汇集而成的一本小书，体例较杂，有随笔、评论、散文，且时间跨度较大。其中随笔、评论多为当年在报社工作时开设的专栏文字，或为到各地采风所写的文章，因而有着很明显的报纸订制的特点——仓促而急就，且多为短制。正如本书的书名那样"行色匆匆"。现在回忆起来，我曾经有几年的时间，每天都在为炮制这类文章而焦头烂额、疲惫不堪。以至当时很多读者都认为我是一个专门为报纸专栏写作的写手。事实上这也是我曾经一直从事的工作。这种印象一直到我离开报社多年之后，还保留在我一些朋友的印象里。仍然不时有当年的同行约我写这类文字，我都婉言拒绝了。我希望开始一种从容不迫、自由选择的写作状态，不想再像从前那样疲于奔命地写作。在与九三学社中央文化委员会主任、学苑出版社社长孟白兄策划九三文学创作文库丛书时，我突然想把这段时间的稿子结集出版，因为这毕竟是我写作生涯中一段难以释怀的经历。孟白兄欣然同意。于是有了这本《行色匆匆》的小书。令我们感动的是，韩启德主席为本套丛书写序，序言里所体现出的人文情怀尤令我感动。在此一并谢过了。

是为记。

周 勇
2017 年 3 月 12 日